剡溪三笔

郑卫东 著

上海三联书店

目录 *Contents*

第一篇

剡溪回忆

无处安放的乡愁

小时候，
乡愁是一枚小小的邮票，
我在这头，
母亲在那头。
长大后，
乡愁是一张窄窄的船票，
我在这头，
新娘在那头。
后来啊，
乡愁是一方矮矮的坟墓，
我在外头，
母亲在里头。
而现在，
乡愁是一湾浅浅的海峡，
我在这头，
大陆在那头。

余光中的《乡愁》曾写出多少游子的心事，以至到了现在许多人说到乡愁，首先想到了这首诗，而忘记乡愁的本意。而上千年来，历代文人思乡的诗词，超越余诗的多不胜举。贺知章《回乡偶书》中一句“少小离家老大回，乡音无改鬓毛衰”就已经让久别的游子感叹。王维《九月九日忆山东兄弟》中“独在异乡为异客，每逢佳节倍思亲”早成千古名句。

我虽然出生在沈湖村，但小学只在村里读了三年，后来小学四五年级到长桥中心小学，初中在三合中学，高中在嵊县中学，当时基本上每周还要回沈湖，及至上了大学，因为父亲住在镇上，只有过年时才回沈湖。回村的次数少了，最大的遗憾，比我年长的慢慢变得不认识了，比我更少的，更无法相识了。去年春节、今年春节在沈湖村，都有小学的同学相遇，我只能依稀从他们步入中年的面容中追寻旧时的模样。

母亲去世后，父亲移居乡下，这也增加了我回村的机会。那几年，春节清明总要回村，其他节日与暑假也偶回家几天。对沈湖的记忆，总算慢慢清晰，但要全部补齐也不可能。长山冈、杨梅山、上湖、下湖，我今天仍可以在茶余饭后去走一遭。但她们早已不是我儿时的风貌。

浙东乡村的传统，虽每村都有自己的规矩，但总体来说，方圆几十里都有大致相同的习俗。进入腊月，各家开始筹备过年物品；腊月二十三，祭灶君（灶司菩萨）；腊月二十四，掸尘（大扫除）；除夕，吃饭前敬菩萨、祭祖宗。大年初一，一般要去坟头给去世的亲人磕头。记不清小时有没有这个习俗，我猜想，这一习俗是近年来形成的，因为现今村里许多人过好年就外出打工，不可能在清明、冬至日回家，所以选了初一这个日子做祭日。

而被我记忆的习俗还远远不止这些。

“春天采嫩叶，捣烂去汁，和粉作糕，称黄花麦果糕”，周作人《故乡的野菜》中的野菜“黄花麦果”，是我小时常吃的。

“农人在收获后，播种田内，用作肥料，是一种很被贱视的植物，但采取嫩茎瀹食，味颇鲜美，似豌豆苗……”周作人所说的是“紫云英”，我们称“草籽”，上海人叫“草头”。以前冬天沈湖村，农田中，一半是小麦，一半是“草籽”。春暖花开时，“草籽”花开，田中都是飞舞的蜂蜜，空气中都是春天的气息。那时的大人给放牛娃关照最多的是别让牛多吃“草籽”，因为吃多了牛会撑死。如今沈湖村的冬景，早已没有了成片的“草籽”地，大片的良田，在冬天是空闲的，因为没有人有空去种了。更为遗憾的是，一个不大不小的村落，至今也没有一头牛了。如今的沈湖儿童，早已不知道骑在牛背上是何种感觉了。

清明，是传统习俗的重头戏。清明最开始是一个表征物候的节气，它在春分后半个月，此时春色已浓，阳光明媚，杨柳垂丝，绿草如茵。正月灯，二月鹞，三月上坟市里看姣姣。东汉王充《论衡·四讳》：“古礼庙祭，今俗墓祀。阳春三月，蛰居了一冬的人们。多到郊外踏青兼扫墓，故演成了上坟市。”清明上坟，不能没有“艾青饺”。取洗净艾叶稍煮一下，加入糯米粉，以猪油、白糖、芝麻、松仁、核桃肉、百果为馅，捏成僧帽状饺子，蒸熟后即为艾青饺。可惜，现在上海卖的“青团”却没有我小时的那种香气了。

绍兴关于“人事”的习俗很多。如婴儿出世满月之日，有剃头习俗；婴儿出生后至一周岁生日间，有择吉“抓周”之俗；小孩年满一周岁，俗称得周，小孩初至外祖家，外祖父母、舅父母一般须送“老婆（读‘嬷’）鸡”。

最为重要的是婚娶。这里面的规矩太多，仅举结婚当日为习俗。婚日，男女双方均大办喜酒，宴请宾客。男方发轿迎娶前，办“发轿酒”“暖房酒”。婚礼日俗称“好日”，须办“正酒”。中午，女方办“女酒”，邀女方亲友参加喜筵。晚上，男方设筵，老丈人、舅爷循例坐首位，新郎、新娘均须向尊长、宾客一一敬酒。

我们老家，按虚龄计岁，50岁起均由儿孙于寿诞之日祀神祭祖，操办寿酒。如今，庆寿习俗犹存，但无祀神祭祖之举，多在寿诞日办寿席，分送寿面、寿馒头、寿糕等。

当然，于今保留习俗最为全面又最讲究的是丧葬礼仪。《论语·学而》：“曾子曰：‘慎终追远，民德归厚矣’。”谨慎地对待父母的去世，追念久远的祖先，培育出忠厚老实的百姓。虽然繁琐的程序中有过多糟粕混杂其中，但这里面实际上有许多可取之处。现在有人把丧葬传统作为聚集民气的渠道，似乎有些道理。乡俗于病人危殆时，必聚集亲友，以作诀别。去世后，孝子身穿素服，另有一人为之撑伞，并持银锭纸钱哭赴附近土地庙行礼焚烧。灵堂除挂孝帘外，尚挂白幡、遗像，点白烛，燃安息香。死者脚后燃油灯，俗称明灯或脚头灯。入殓前，长子穿死者外衣，另一人为之撑伞，共赴河沿或井边，叩拜水神，往水中投一铜钱或硬币，舀水一桶而归，为死者"潟浴"。出丧多在早晨，起灵前，须于灵柩前设供祭祀，称"材头祭"。扛棺时，须先摔碎置于棺材头之碗。出丧时，棺前有纸扎"开路神"及"引路幡"。丧者亲属列队前行，于队前"撒买路钱"。同时，沿途敲锣，每组十三记：前十记间隙略长，后三记连续。出丧队伍须循原路返回。此时仍敲锣引路，唯单声敲锣间隔时间略长。长子撑伞捧神主或遗像在前，其他送葬者随后。抵家后即供神主或遗像于厅堂，并设祭饭祭祀。送丧者须洗脸，梳头，饮糖茶。至此，葬礼结束。逝后每隔七天，即行祭礼，俗称做七。"做七"凡先后七次方止，第七次俗名"断七"。

在绍兴，赴丧宴叫吃豆腐饭，赴喜宴叫吃喜酒。我记得最深的宴席中的十碗头：第一碗是小炒，称"洋菜"；第二碗是"三鲜"；第三碗是东坡肉；第四碗炒时件；第五碗揉肉皮；第六碗扣鸡或扣鹅；第七碗炒什锦；第八碗"扣肉"；第九碗熬肺；第十碗醋鱼，也称"醋熘鱼"。

《礼记》中说"君子反古复始，不忘其所由生也"，长期农业社会所形成的宗族观念，形成了人们的血缘关系，聚族而居的生活秩序使人们更看重血缘与宗族的延续。血缘是稳定的力量，"生于斯、死于斯"把人和地的因缘固定了。

如今的许多80后、90后，不是为高考而进城就学，就是随父母打工在"民工子弟学校"读书；成人后，不是进了城市工作，就是像父母一样在外打工。他们这一辈，很少记得这样的习俗了。偶有回家，无非是放鞭炮、吃吃饭而已，我不知道，这是文明的进步还是消亡。

儿时的伙伴当中最有乡情的是寿梁，如今事业有成，为了寄托乡思，在上海办了以沈湖为名的"沈湖生态农庄"，身在上海回了家乡，而今总算可以天天晚上在"沈湖农庄"品他自己命名的"绍兴可乐"（黄酒)了,醉了可以在草坪上醉卧,半醒半梦中还可写一些他得意的思乡诗。他“任性”,可以将每一首诗刻在石上,一块一块地布置在农庄里。可他在真正的沈湖村,却已没有一瓦半砖。一个永远的沈湖人,只能将乡愁飘在空中。

我的乡愁,一是思念,思念记忆中的家乡,感叹自己身回不到故乡,心灵也无法在异乡安身,是一种空灵的愁;二是忧虑,忧虑乡村不再是梦中的家乡。忧虑正在变得越来越市侩化的乡村。那些串联起传统、民俗及至核心价值的东西正在消亡,而新的东西又没有建立起来。

在浙东新农村中,一幢幢新建的小楼前,手机、网络、汽车都越来越普及,但环境也备受破坏。农村房子拆了又建、建了又拆,没有统一的规划。现在在新农村,很少看到三十年以上的房子了。昔日的山林田地,不是变成了开发区就是居民区。有时,一条高速公路切断本是相邻的两家人,要见个面须得绕过十几里地。

村子里没有了学校,新建的居民又造了围墙。孩子们互不相识,新的一代将是没有“发小”的一代了。我小时还可以在本村本乡读小学、初中,可现在村中的学校基本绝迹。以前村校中的老师,是村里最受尊敬的人,现在在乡村中小学任职的,绝不会成为最受注目的人。

如果将乡村变为城市散落各地的纯居民点,则是可悲又可怕的。这里的纯,是指一个村只有一幢幢楼房,没有学校、医院、文化设施,更不可能有公园绿地。村落是精神贫困的沙漠。

中国历史上,从乡村外出从商的、从政的,年长后常“荣归故里”“辞官回籍”。这一传统使在外的游子心中有根,做事有矩,不至无法无天。另一方面,贤士精英回籍,能建设乡村,引领风尚,造福一方。

关于乡村建设,曾被多少志士梦想与实践,梁漱溟、晏阳初、费孝通都有一套理论与实践,当代于建嵘、陈桂等写过专门论著,但乡村建设仍待进一步探索。

笔者不才,对三农问题与乡村建设曾有一些思考。《发展乡镇企业的重要作用及其存在的问题》《建设“环保型、可持续型”村级集镇是浙江农村城镇化的重要途径》(《农村机械化》,2000 年)、《警惕农村村庄“空壳”现象》(人民日报网络报(观点栏目),2000 - 8 - 18)、《舟山渔民转产转业难度分析》(2001 年)、《对“三农”问题的另类思考》(中国农村研究网,2002 - 7 - 20)、《农民教育:建设社会主义新农村的助推器》(人民网,2006 - 2 - 27、理论频道《三农中国》)等等,只是所起作用不大。

乡村的良序决定了社会的良序。对于传统的文化,不管在人们眼中是精华还是糟粕,都是应该保护的。但在传统文化中,对于那些已转化为化石或木乃伊的,却要区别对待。摧毁木乃伊或使它复活的,都是不可原谅的。

说到村官,如今在一些地方有时成为“贪官”的代名词。但实际上,极大多数的村官都是十分辛苦的。他们面对的是最基层的民众,百姓期盼高,上级要求多。我亲历的事,大年初一因民众上坟放鞭炮引发火灾,第一个到现场的都是村书记与村长。

如今的沈湖村,户籍意义上“沈湖人”越来越少,“乡愁”中的沈湖人却成了无根的游子。余光中的乡愁是邮票与船票,我的乡愁,却是一朵飘浮的云。

(2015 年 2 月 22 日)

嵊州“强道”

前几天，接到一个电话：“喂，侬卫东啊？我如军，想得起来哇？”

由于时隔多年，近视较深，加上回乡不多，对于有的老同学，我常常好久才能记起，有的见面后还常想不起当年的模样。

但对于如军，那个“大个头”，我一直记在心里，虽然初中毕业后只在章镇桥下见过一面。也不知道过了多少年了。

电话中，知道他小孩已长大，一切还算过得去，现做些自己想做的事。我听后甚觉欣慰。

接完电话，我心中却有些不平静。

今天的临港，下着雨。窗外传来呜呜的风声，好像正在诉说着什么。

李敖曾在书中这样写道：“我是中国自古到今最独来独往的、也最能独来独往的伟大知识分子，不入党、不阿从、不曲学、不逃世、不寒酸、不孤愤。我是伟大的自大狂。”这家伙确实自大，对于他的“六大”，我不全认可，但有些讲得还是有点“道理”。

富贵达人、院士教授、市民百姓、村民群众，都不过是我十三亿大众之一，有多少人能做“自己想做的事”？

20世纪40年代初，马寅初因多次公开反对蒋介石而被关进集中营，但仍不思“悔悟”。蒋介石为此极为恼火，拍桌子骂道：“这个嵊县（马寅初籍贯为浙江嵊县，今改嵊州市）强盗！”有人将此话传给马寅初，马回击说："我不是'强盗'，是'强道'，就是强大的道理，也就是孔子说的'大道之行也，天下为公'的大道。"

也许嵊州人就是这般"强道"，盯着一个道理转不过弯来。马寅初先生是典型的嵊州人，除了"强道"外，嵊州人还有一个特点是"讲兄弟"。堂堂北京大学校长，马寅初的讲话常这样开头："兄弟我今年××岁……"有一本关于北大校长的书，写马寅初那篇，标题赫然是——"为真理而死，壮哉！为真理而生，难矣！"

得不能罢，失也罢；成为好，败为好？不知人世间最珍贵的是什么。

沈从文说过：一个士兵，要么战死沙场，要么回到故乡。

但是，我们还能回到故乡吗？

接了一个电话，联想出这一段文字来，算是回应这多雨的春天吧。

（2013年4月20日）

暮春

1

雏凤声清的提醒
方知暮春已近了尾声
这短逝的季节
如去岁无雪的冬天
一样令人尴尬

2

校园一角的桃红
静得如同她在枝头一般的淡定
俨然不管
林下菜花的妩媚
自恋般的撩逗

3

祝兄去了大连
来不及与我道别
林弟也没有解释理由
可是他们都相互否认

带去三十年的梦忆

4

那个记不起姓名的老友
时常在我的博客停留
从未留下只字片语
那张似曾相识的脸容
可我依旧不知他的名字

5

一个快递
寄自剡溪边的家乡
捎来的是新晒的菜干
那清香的记忆
满是春的暖意

6

花虽自飘零
落英还缤纷
真风景
雨打风吹总不去
似曾相识燕又来

（2013 年 4 月 25 日）

浙东的霉干菜

又到春耕时分，这个时节，新茶刚上市，对于浙东人来说，也是晒干菜的好时候。每当有亲朋好友来沪，带来一小包新晒的笋干菜，一小袋新摘的茶叶，我总是很高兴，有朋友通过快递寄来一两包，常令我感动。

干菜又称绍兴霉干菜，其实，刚新晒好的不是乌的，时间长了变色的。干菜是由大叶芥加工而成的，香气浓郁，味美质嫩，久贮不变，它色泽乌黑，滋味爽口，吃了开胃，夏天用它做汤佐餐，还有消暑防痧之效，所以在民间，几乎家家腌制，常年食用。俗语中有“乌干菜，白米饭”。用霉干菜做配料，能发鲜入味，如“干菜烧乌鳢鱼”“干菜烧土豆”等，均别有风味。

早在《越中便览》中就有记述：“霉干菜有芥菜干、油菜干、白菜干之别。芥菜味鲜，油菜性平，白菜质嫩，用以烹鸭、烧肉别有风味，绍兴居民十九自制。”

周总理生前对这道菜情有独钟，招待外宾时曾多次吃这道菜。胡兰成的门生倪弘毅说过：兰成先生最喜欢吃绍兴的霉干菜炖五花猪肉，炖烂了，胡兰成最喜欢。胡兰成在《今生今世》中也这样写：我家除过年过节及待人客，平时常常只见三四碗都是腌菜干菜，唯父亲有时做出花样，他想到吃一样东西，都是从他的心苗上所发，可以说是他的私菜，看着妻子也吃，他端然有喜色，其人如金玉，所以馔是金玉之馔。阿含经里佛与阿难乞食，唯得马麦，阿难觉得委屈，佛告阿难："如来所食，乃天人馔。"还不及我们家的世俗真实。

虽然超市中常有小包的干菜可买，但真正的绍兴人是不吃那种干菜的，除非实在思念，家里又没有现成的，才可权当替代过瘾。

随着生活条件的改善，在我家乡，现在很少有原始的干菜。一般人家做的是笋干菜。干菜加淡笋，经过加工，称为笋干菜，可谓鲜上加鲜，其味更佳。新制的笋干菜，我最喜的吃法是做汤，水开了，放一把进去，不用加任何佐料，就是一个极品的菜。

要自制笋干菜，说来，还是一项十分巨大的工程。首先，你得自己种好芥菜，放在阴凉通风处堆放 4—5 天，菜堆高不超过 50 厘米，每天上下翻菜一次，防止菜堆发热变质，堆成黄绿色后，按每百公斤鲜菜 3 公斤盐制，逐层排菜撒盐，每排一次菜踩踏一次，至出菜汁为度。若菜汁不多，可在第二天复踏一次，直至出汁。菜卤出泡，黄熟转鲜。清明前后，找一个好天气，到"老远"的山上去找笋，一天工夫，挑一担回家，剥壳切好。又得看天气，如果第二天天晴（清明时节浙东常下雨），你得很早起床，将腌制好的芥菜与笋丝煮熟，再放在匾（一种用竹篾编成的器具）上晒干。

要知道，如今的浙东农村，成年人多为半工半农，有工夫去干这些活的时间不多，就说再要找"匾"来晒也成难事，因为不是家家户户都还保留着"匾"的。

而花了这些精力晒好的笋干菜，包起来可能只能一小包。这一小包的价格已经不能用金钱来计算了。通过这样的工序做来的产品，一般都是自己吃的，不会去市场上出售。而从超市中购得的几元钱一包的，可能是车间生产出来的，吃来也没有这样的味了。

（2013 年 5 月 4 日）

剡地本是归隐处

这一个月来，先“旧友来电”，又发感叹“城里人不懂乡亲情”，加之这几天常有乡友将“清明”“五一”回嵊的点点滴滴发布于微信，梁兄还将一张我从未见过、也记不得的初中临毕业前的合影发我，越发撩拨起我的乡思。

剡溪是我的家，不管是梦中的剡溪，还是现实的剡溪。家乡的故事是说不完的，不管是在梦中还是现实。

“东南山水越为最，越地风光剡领先。”大家都知道的，《全唐诗》中收录的2 000多个作者中有312位到过剡地，《唐才子诗》中的278位“才子”中有174位游过剡溪。王子猷见戴安道“雪夜访戴”“乘兴而来，兴尽而返”，即发生在剡溪。李白曾与道士吴筠一同隐居剡溪，追寻谢公谢灵运的遗迹。1129年和1132年，李清照先后三次避乱入剡，写有《金石录后序》一文和脍炙人口的《武陵春》词。

1180年，浙东大饥，朝廷派朱熹来嵊赈灾，他对剡中的山水之美惊叹不已，书写了墨宝：“溪山第一”。随后，朱熹拜访了隐居在嵊州贵门的南宋理学首倡者吕规叔并参与讲学。宋代以来，嵊州的文运一直昌隆，到嵊并留下诗作的有王安石、欧阳修、苏东坡、陆游等。

南朝宋·刘义庆《幽明录》所载故事：汉时刘晨、阮肇二人入天台山采药，遇见两位仙女，留他们住了半年，后因为“思归甚苦”就回来了。归来后见到的却是“乡邑零落”，不敢认了。经打听，已经过去了十代人。后来刘晨留在家乡娶妻生子，阮肇则重返仙山。据说“阮郎归”这一词牌便起源于这个故事。唐刘禹锡《再游玄都观》诗：“百亩庭中半是苔，桃花净尽菜花开。种桃道士归何处？前度刘郎今又来。”这个刘郎也源于此故事。

在唐诗之路的历史源头探寻之中，剡地的刘阮成仙传说必定有相当大的影响。特别是对东晋以来的玄学、道学、隐逸之风有不可估量的作用。该故事曾在《幽明录》的故事中体现出来，“刘晨阮肇”被后世文人不断嵌入诗词，也曾出现在元代末年王子一的《刘晨阮肇误入桃花源》等作品。

这样的神仙故事其实很多，但让我“有些兴奋”的是，这两位老兄居然是嵊州人（剡县人）。他们的老家阮庙在今嵊州市三江街道，现阮庙被定为嵊州市文物保护点。

两位前辈老乡貌似交了“桃花运”，在我看来，却是一个悲剧。他们回来时，已过十世，物是人非，空留“惆怅桥”（现在新昌县桃沅乡刘门坞）。得到的是短暂的，失去的却是永恒。桃源难再觅，仙凡永相隔。

抚今追昔，既然是过客，当初的邂逅，难道仅仅是误会一场？

越音乡愁未有涯，剡地本是归隐处。

从离乡，倍思家，归耕何地植桑麻？

（2013 年 5 月 6 日）

阳光下的记忆

有些人无法沉淀为铭记。有些事无法沉淀为回忆。

岁月的流逝，却总有一些事、一些人让人记忆。

记忆并不总是让人愉快与温馨的，但记忆并不是要回忆伤痛与遗憾。今天，我们的记忆是为了聚集正能量。

这个时代，我们之中的多数人，并没有波澜壮阔的人生经历。从校门到校门，我们记忆最多的是学校里的那些事与那些人。

我是在沈湖村入的小学，读了三年就转学了。小学的同学，应该多数还安家在沈湖，说实在除梁兄等几位，许多人即使现在见面的机会多了些，我还是没法记起他们小学时的模样了。

我的“发小”梁兄，是一个很有“身价”的成功的企业家，读者诸君也许见过我在多篇文章中提及他。他目前热衷于“填词”，填得“像真的一样”，不过，他确实是个天才，不管是生意上，还是为人处事上，他总是充满激情，充满童趣。他会将沈湖村“搬”到航头，自封“沈湖农庄庄主”，并郑重地印在名片上。他会将“九州清晏”用到中国馆的绿化设计中。他捐建希望小学，荣任编号为1号的荣誉校长，说把2号红军荣誉校长留给了1号人物。他会拉商学院的同学到农庄收割水稻。他会把戴着“红领巾”的照片作为微信头像。他更会将“绍兴黄酒”称为“绍兴可乐”，招待一拨又一拨的朋友。

小学四年级到五年级，我是在乡中心小学读书的。这个学校离沈湖村也不过五六里路。在两年的学习中，留下了许多完整的记忆。《旧友来电》中的主人翁就是那时的同学。

而“我的朋友”梁兄，实际上还连任成为我的初中同学。连任同学的当然还有沈湖小学与乡中心小学的同学。进入初中，我们已基本懂事。除了《上海那些消失的大学》中的情景，“毛蓬”（初中所在地地名）的故事其实还有很多。几个月前，见到郑总郑同学女儿的照片，实在感叹“大自然”的神力，竟将这对母女设计得如此一般模样。那时的长辫子“女神”如今有了复制品。遗憾《再聚已过三十年》中相约至今还没有再续。不过，微信的传递，使我们有了新的“毛蓬”。

从初中“连任”高中同学的只有四位。也许与现在的高中生一样，进入高一就进入高考的冲刺了。上铺的蒋兄来自谷来，与马云的老家同一个乡。那时的谷来属于“北山区”，“区”是介于县与乡中间的一个行政组织。北山大概属于全县较为偏僻的地方，我曾经到同学家去过，路弯水急，夏天的晚上住在农家居然有些寒意。蒋兄如今有了一家灶具企业，挺有成就。想当初，寝室熄灯后偷偷到校外竹编厂门口的路灯下看书的情景，真如“历历开元事，分明在眼前”。

高中同班考入上海高校就读的只有三位。记得第一天报到并没有到自己的学校，而是去了提前报到的同学的学校。后来，我周末也常去同学的学校。记得在上海的嵊籍大学生还在财大搞过一次聚会，那时的合影与通讯录我至今还保存着。这些乡友，有一个如今是某大学的王校长了。

大学的时光过得很快。因为相隔最近，本不急于将大学生活作为回忆重点。这次到加拿大培训，先后见到陶同学与张同学。人生三大喜事：金榜题名时、洞房花烛夜、他乡遇故知，在异国他乡见到老同学着实让我高兴，这种愉悦也伴随了我整个旅途。

快过年了。学校放假了。今天临港阳光灿烂，在这阳光灿烂的日子里，看着远处的大海，想起一些人，留下一点文字，真是一件比工作更开心的事。

（2014 年 1 月 23 日）

会算命的成先生

“成先生”是一位盲人。称他为“成先生”，是因为大家都这么称呼他，我也不知道汉字是不是“成”字。其实他姓苏，是“百家屋”的一员，在沈湖村苏姓中辈分很高，至少比我母亲高两辈。前几年，著名历史学家苏智良先生一行回沈湖寻祖，考证始迁祖为苏天寿公，在元代定居嵊州：始迁祖系苏东坡第九代孙，是东坡公之三公子苏过第八代孙，为东坡直裔。天寿公定居家乡后，取村名为东苏庄，后随着历代族人增多，向村外发展，又建西苏后村。我的“发小”苏寿梁据称是33代孙，苏智良先生大约是32代孙，“成先生”应该是30代孙了。

“成先生”在沈湖方圆几十里是一位“名人”，现今大约近80岁了吧。他出名并不是因为是东坡后人，是因为他是一位很灵的“算命先生”。

相传沈湖村内湖多，河埠多，故俗称“沈家埠头”。村里地势低洼，田湖连接，地势复杂，素称“九湖患田”。若遇洪涝之年，整个田畈便成一片汪洋。不过，我长这么大，从来没有发过大水。没有人考证过沈湖建村时间有多长了。远一点说，东汉王充家乡就是近村，至今王充墓就在村边的茶山上。近一点说，当年“长毛”（太平天国士兵）进过村。三年前“新农村建设时”，许多宅地深挖时还可发现当年烧掉的房子焦土。

沈湖村历史悠久，虽有“发大水”之患，但总的来说，也一直是村富民安，如今更是远近闻名的“小康村”。多年来，沈湖的乡规民俗还是一直保留，自成一体。民俗是一个时代、一个地域的人群共同的生活方式，是决定着人的命运、性格的一种不可忽视的重要力量。民俗是村民精神上赖以寄托的民间信仰，潜移默化的风俗习惯是对人的心灵的约束，是乡村社会稳定的张力（暂不去评说消极的一面，如民俗中封建因素对于形成国民性痼疾的影响）。

每逢村民有“红白喜事”，第一件事就是要找“成先生”“拣日子”，也就是要选一个“黄道吉日”。吉日的选择主要是对日的选择，就像算命术一样重视日干，但吉日的选择并不是不顾年、月、时的吉凶，而要相互观览，综合选择。吉凶之说虽然充满迷信色彩，甚至于荒诞无稽，但它包含中国古代哲学、天文、地理、自然生态等诸多方面丰富的内涵，并蕴藏着人们如何顺应自然的论述。重要的是，我们不能否认其中蕴含的心理因素。迷信附会和不加分析的批判都是不可取的，我们今天以科学态度去深入探究它，对阐明中国古代传统文化应会有所裨益。

“成先生”会根据事主的生辰八字，来选一个好日子。“成先生”选的日子一般事主及事主的亲朋都会满意。我想，除了他师承的“理论”外，更主要是他平时留心积累之故。如一位老人故去，如果这家是“有钱人”，他会将最后出殡的日子放得长一些，如果家庭经济困难的事主，他会尽可能将日子前放一些。

当然，“成长生”的“主业”是八字算命。八字算命出自早期的占卜，是预测学的一种，产生自萨满教。八字算命是占卜的一种，它的意义是为了帮助人们对未来可能遇到的事件做出事前的准备和参考。不是起决定作用，但是起辅助作用。八字算命是“预测学”而不是“决定学”，没有准确和不准确的说法，预测学是为了让人们为未来可能发生的事情做出事前准备。

“成先生”也有一种占卜“本领”是测方位，哪家的孩子走失了，哪家的东西没有了，去问一下他，他“掐指一算”，说到村东头去看一看，结果真找到了。

“成先生”的老宅原在我家边上，“鱼池塘”边。如今他家建了新房了，三个儿子也各自成家立业。记得，小时候经过他家，总能听到收音机里的声音，还常听到广播里的上海话。

我没有到"成先生"那里去"算过命"，我对这种"预测学"也没有研究过。不过，我现在想来，"成先生"能以此为"业"，又"红火"又"灵光"，与他掌握各种"信息"也有关吧。

马年将近，想到"成先生"，也是一种思乡吧。

（2014 年 1 月 24 日）

胡村行

“胡村溪山回环，人家分四处，倪家山，陆家奥，荷花塘，大桥头。叫倪家山陆家奥，想是往昔住过这两姓的人，可是现在都不知道了。我家住在大桥头，门前一条石弹大路，里通覆卮山群村到奉化，外通三界章镇到绍兴，田畈并不宽，但人家迤逦散开，就见得平旷阳气。”

“胡村到三界镇十里，要渡过一条江水，靠这边渡头有个大丰茶栈，茶时开秤，秋天收场，专收里山人家的茶叶，配搭了重新拣过做过，分出等级，装箱运到上海卖给洋行。我父亲也在那里帮鉴别茶叶，且把自己向山户收来的卖给茶栈。我小时常奉母亲之命去茶栈问父亲要钱，又渡江到街上籴米回家。”

自前几年看了胡兰成的《今生今世》，感于胡兰成对家乡的精妙回忆，勾起自己的乡愁，每次回乡一直想去胡村看看。

我的家乡沈湖村也属三界镇。

三界镇位于嵊州市北部，剡溪下游，距市区 19 公里，东傍下王镇，南临仙岩镇，西与绍兴县王坛镇毗邻，北与上虞市章镇镇接壤，因地处绍兴、上虞、嵊州三县(市)交界而得名。早在东汉永建四年(公元 129 年)，剡县北乡及上虞县南乡(今三界)置始宁县，故治在今浙江嵊州市三界镇。三国两晋南北朝均属会稽郡。隋文帝开皇九年(公元 589 年)废始宁县。

始宁县当时有四个邻县：东连余姚，南邻剡县，西界会稽，北接上虞。始宁与剡县的分界为曹娥江两岸的嵊山和嵊山。孔烨所著《会稽记》里提到:“始宁县西南有嵊山,剡县有嵊山。”嵊山是一座名山,在今嵊州市城北 15 公里,高 749 米,周数十里。《水经注》云:“嵊山与嵊山接壤处虽曰异县,而峰岭相连,其间倾涧怀烟,吹畦风馨,触岫延尝,是以王元琳谓之神明镜,事备谢康乐《山居记》(《山居赋》)。”王元琳即王珣,谢康乐即谢灵运。而《山居赋》里也明确写着:“嵊、嵊与分界。”这条分界线的东段,在今日覆卮山、动石山、禹山、车骑山一线,即十八都江以北地区。西段为石门山、岭头山、五石岗为界。

如今三界镇,尚有一条始宁古街,一条窄窄的市声嘈杂但又弥漫历史气息的南北长街。古街长约一公里左右。以前都是石子路面,是一条通往新昌的古道,现路面已经更改,但两边的店铺依然密集。三界镇是我小时“进城”的主要场所,父母也曾在三界镇上居住多年。由于古街小而窄,当地政府也曾想开辟新商业区,但老街仍被人们留恋,至今仍热闹非常、人流不绝。

按现在并村后的正确称法,胡兰成故居应属三界镇叠石村桥墩。胡村、桥墩村都是自然村。乡里人不管行政村如何变化,习惯称法仍然沿用。相传胡村村址原是清潭田畈,散居少数人家。南宋初,河南省胡氏兄弟来此落户,因姓胡,故称胡村,属嵊县。后以二十二都江为界,胡村大都划给上虞县,因村址处在桥的上游,称为桥等。“等”谐音“墩”,故名桥墩。

既然胡村原属三界区江东乡(以前县一级下面有区,区下设乡),春节回乡去看一下也属有趣之事。

这次春节回乡,大年三十那天上午,问弟弟胡村是否有熟人,弟弟翻了一下手机,打了一个电话,问一个胡姓朋友是否在家。听到那朋友说在,弟弟就与我们一家三口马上驱车前往。

胡兰成的时代从三界镇到胡村只能过江(剡溪),乘摆渡船。20 世纪八十年代,可以从章镇或清风桥过,但绕了一个大圈子。如今在三界镇边上新修了一条路,没正式开通,但因春节,已允许车辆自行通过。

沿路田野上和山峦之间是错落有致的村庄，时而一声声迎新年的爆竹声点缀着乡村的宁静。

车子在弯弯曲曲的水泥路上走了近 20 分钟，到了一个村落。弟弟来到一楼房前，问了家人，说弟弟的朋友胡师傅大年三十还在别人家干活。不一会，胡师傅就骑了电瓶车回家。他说胡兰成老家就在附近。说完掉头，仍骑电瓶车带我们去胡兰成家。

从沈湖村人的眼光来看，这胡村实在有些“破落”，村民的房子 20 世纪七八十年代的仍为数不少。至少得承认这村应该叫“发展中的村落”。

不到三四分钟的路，过了一片田畈。胡师傅在一楼房前停车，顾自进楼房去，一边走一边大声说：“思展，老屋门开开”（开一下老屋的门）。我自然明白“老屋”就是指胡兰成的旧居了。很快出来一个拿着一串钥匙的 50 多岁的男子，面目和善，脸上带着微笑。我马上就想起，他就是胡兰成的侄孙胡思展。老胡一边带路，一边问我们：哪哈里块人（你们什么地方人）？我马上用乡音回答：沈家埠头。老胡说：噢，哪介晏（你们好晚——快中午了）。说了这两句，就一路无话了，老胡顾自在前带路了。——我想，因为有同村人介绍，又是同一个镇的，老胡明白我们的来意，不用多说了。这就是乡里人的实在。

路边，一楼房前的“道地”上，摆着一张八仙桌，有一群人正围着打牌，见我们一行走过，只有几位抬头友善地看了我们一眼，又继续他们的牌局。大概每天都有我们这样的参观者，他们也习以为常了。

转过一排旧房子，不到两分钟。我们就来到了幢两层的房子前。这是一幢传统的两层结构民居，共三个开间，中间是堂檐，两侧两户人家，胡兰成家在右侧，门牌号是桥墩村 18 号。天井里墙边是一口坛缸，窗户是铁条栏杆，墙上还并排放着三户火表。据老胡说，他家新楼房没建之前，一直住在这座老房子里。我看这楼子的门面，应该是 20 世纪七八十年代修过的，胡兰成那个年代不可能是这个样子的。

老胡十分利索地打开屋门，请我们进去。进得门来，就看到里面是一张八仙桌，迎面墙上挂着一组镜框，上面有胡兰成和全慧文的结婚照、胡兰成老年时在日本的照片，以及胡兰成现在南京、香港的四个儿女的合影。其中还有一幅是胡兰成亲笔写给小儿子胡纪元的家书，信中结尾是“父字 6 月 23 日”。睹物思人，让人唏嘘。墙上还有一幅胡兰成的字“自古江山如美人，虽然敬重圣贤，却是爱悦荡子”。

1906 年二月廿八，胡兰成就出生在这里，小名叫蕊生。祖父胡载元，父胡秀铭，母吴菊花。兄弟七人，他排行老六。胡思展叫他“六叔公”，其实老胡也从来没有见过胡兰成，现今与胡的后代也较少来往。

屋里许多地方放着柴草，米箩筐、旧斗笠都是我所熟悉的，与先前我们沈湖村并无两样，家里的锅灶台应该是老胡改造过的。老胡说，这也是他的“用屋”，现今他家虽搬到楼房，许多杂物仍放在这里。倒是通向二楼的楼梯可能是原物，现在很少见得到了。

老胡说，有六七千人来过了，市里的、镇里的也常带人来，但更多的却是自行前来的。我问老胡，为什么不整修一下，收一个门票？老胡说，修一下拆一下至少要上百万的钱，他没有这么多钱，政府是肯定不好出钱、出面的，胡兰成的子女也没有这个实力。

浙东地区，出村十里就有不同的语言，我小时候，听几句话就能分出这是哪个村的人。今天与胡师傅及胡思展等人交谈，我发现胡村的方言，与沈湖村居然十分一致。我只是想，也许沈湖村与胡村一样，都是嵊县与上虞交界的村落，故语言体系一致吧。

看完胡村，算是了了一个心愿，但一种惆怅又在心中涌起。世事变迁，物是人非，唯有天地仍存。岁月悠悠，其实也就不到一百年的时间。

三界镇方圆几十里范围内，出过许多有名的人物。沈湖村边的东汉的哲学家王充，晋代上虞广陵的嵇康，晚年隐居剡县金庭的王羲之，初唐书法家、文学家、诗人兼政治家余姚虞世南，明代哲学家余姚王阳明，明清之际思想家余姚黄宗羲，近代的嵊县马寅初，绍兴的周树人、周作人兄弟。将胡兰成与上述人物相提并论，有些抬举了他。但凭才情人品，与周作人一样，确实令我一声叹息。

胡兰成写《今生今世》时，已去国闲居岛国他乡多年。其时，张爱玲已在美国的寓所中独居。回顾今生今世，这个“我不但对于故乡是活荡子，对于岁月亦是荡子”的胡村人，凭着对这个已久未回归的家乡的眷恋，以童稚的视角和经验观照来描写家乡，书生意气，才子情怀。虽用尽了平和、静谧的文字，但“韶华胜极”这样的感叹，仍可看出胡心中的波涛汹涌。

胡兰成的今生今世已有评论，来生后世要会如何？一个人，要做到“前不愧于古人，后可师于来者”，要从“尘埃里开出花来”，其实是很难的。

（2014 年 2 月 12 日）

岁月

岁月，
她是老屋廊檐下的那只燕，
不急也不忙，
南往又北归，
把平凡的歌唱了一天又一天。
——她的欢乐，
是岁月的灵动。

岁月，
她是院子里的那棵树，
不大又不小，
开花又结果，
落叶飘零又护花。
——她的青绿，
是岁月的馈赠。

岁月，
她是故乡的月亮，
不近又不远，

月圆又月缺，
不管身边的乌云飘来飘去。
——她的明净，
是岁月的怡然。

岁月，
她是沈湖的那座山，
不高也不低，
从前小时候那样，
现在还是那样，
以后我老了还是那样。
——她的静穆，
是岁月的恒久。

（2014 年 8 月 16 日）

李清照夜游剡溪

1129年8月18日，李清照丈夫赵明诚去世。当年10月，李清照就开始辗转在浙江一带，开始了她的寻觅之游。李清照从建康出发，先后经浙江的越州、明州、奉化、嵊县、台州。

在嵊州，她寻觅李白的隐居之地，思念归去的夫君。

崿山叠嶂连星，
剡溪有胜景。

秋风瑟瑟，
丝丝凉意。
一场夜雨已过，
乌云时而将月亮遮住，

一个女子，
她正在匆匆赶路，
想来剡地寻求慰藉

踏着青苔的溪边山路，
两边是朦胧的峭壁。

一只夜鹰，
不知藏哪里啼鸣。
寂静笼罩周遭，
子猷访戴的小舟，
独自横在剡溪。

点点滴滴，
露珠湿了双鞋。
她只有独自一人，
从喧嚣中来，
来到这诗人
曾经的隐地。

带一颗游荡的心，
徐行在这寻觅之路，
一呼一吸都饱含凄凄，
无数的星星
跟在她的后面。

她的夫君，
依然在梦境，
曾经那样的卿卿我我。

海棠依旧，
心上人却去了哪儿？
只有天上的一颗星星，
正向她闪着晶莹的眼光。

光影摇曳的树丛，

她好像看到，
有一个白衣的唐人，
在那里独坐吟诗，
三杯两盏淡酒，
却是旧时相识。

人悄悄，
月依依。
她摸索着来到溪边，
溪水中有她的倒影，
她对着溪水，
没见影儿两个。

只想把凄苦洗尽，
又想把水中的月亮打捞，
没想弄碎了月亮，
弄碎了她的心。

曙光初现，
四周却更加寂静。
她好想在此
悠悠飘升，
飘向旧时的青州，
愿想那里
还有她的郎君，
从此他们不再离分。

（2014 年 8 月 17 日）

雨秋

独坐阳台，
懒懒的雨珠，
滴滴答答。

我瞧见，
桂花树的枝条，
被雨点压弯了头。
一只小蜗牛，
正努力地
爬向高处。

一只小鸟，
抖着湿透的翅膀，
忽地闯入阳台，
默默与我对望，
似多年的好友。

整个天空，
白白又茫茫，

像一把大灰伞，
如一张愁网，
罩着我的周遭。

远处的高楼，
在灰濛中默立，
一排又一排。

微信群中的旧友，
时而晒出
发黄的照片，
一张张朝阳的面孔，
不曾有岁月的痕迹。

多年前的下午，
也是这样的雨天，
满是秋收的期盼。

而今却在，
——忆起昨日的夏花，
——等着秋叶的静美。

这愁绪，
如
这秋雨般的
绵绵。

（2014 年 8 月 20 日）

紫薇

海棠花开，
桃李争艳，
谢了春红，
太匆匆。

荷莲并开，
秋风乍起，
自飘零。

桃李无觅处，
残荷映夕照，
今日花事
我作主。

（2014年8月26日，校园紫薇盛开）

沈湖明月

甲午中秋，于沈湖长山之冈，忆旧岁月，看沈湖明月，写成此文，和苏庄主《蹉跎岁月》，与庄主共勉。

人生，
是一条
通向远方的铁轨。
这一头是故乡，
那一头是远方。
远方在远方，
铁轨无尽头。

四十七年前，
你就买下，
一张永久的车票，
登上这列
通向远方的列车。
上了车，
就是一生。

路过了
许多山，
路过了
许多水，
有时你
踌躇满志，
有时你
意志消沉，
只有，
孤寂与你相伴。

孤寂啊，
她是一壶酒，
醉过，
醒过。
孤寂啊，
她是一颗星，
不管你是否愿意，
她还在那里。

你独自
坐在列车上，
曾经
为先贤感动，
曾经
被理想激励。
有时
你听到了喝彩，
有时你被崇拜，

但
总有一段时光，
你会充满不安，
哀伤，
惆怅。

今晚的月亮
很圆，
我在故乡，
你在车上。

人生平淡，
人生绚烂，
请相信，
当列车呼啸而过，
总有一人，
在旁为你鼓掌。

（2014年9月8日）

红月亮

今天晚上本来准备拍红月亮的，到了下午5点多，抬头看天空厚厚的云层，找不到昨天此时那方位应在的淡淡的月亮，就有些担心，今晚看不到红月亮了？

果然，到了5∶30，6∶00，6∶30，还是朵朵云儿在飘啊飘，正好将月亮挡住。先前还好，时而月亮能调皮地露一下，顺便嘲笑一下那些盯着她的粉丝。到了6∶30以后，干脆闭月羞花不出来了。

那些天文专家不是说，全国各地人民都可看到今晚的红月亮吗？难道此地不在全国各地之列？在此，谨代表例外的局部地区人民向专家表示强烈的谴责。

7∶45左右，密云散去，晴空万里。狡黠的月亮露出了皎洁的真容。传说中的红月亮变成了白月亮，重新开始演绎白色月全食的精彩。

可见，世间之事，人算地算，还须天公作美。

可是，谁能告诉我，后来月全食时为什么没有了红色。先前看到的红月亮是什么呢？

（2014年10月8日）

阳台上的花草

大概在农村长大的缘故，我自小就喜欢花花草草。沈湖村周围都是花花草草，春看草籽花，夏摘荷花，秋恋太阳花，冬天寻茶花。还有，沈湖还有一些果子可以随时去吃，春吃桑葚，夏吃莲子，秋吃山李，冬吃栗子。这些活动，大多都是与寿梁一起去的。

记忆中，在沈湖村唯一属于种植的花草，是牵牛花。记不得从何处得来的种子，在家里找一个破盆种上，再拉一根绳子，让它爬，天天等着第一朵鲜花的开放。

后来，到了长桥生活。看母亲邮购来许多花草，总算第一次知道了长寿菊之类的“名贵”品种。那时，三合中心小学里，有一颗“痒痒树”，你摸摸她光溜的树干，她就会痒得发抖。后来才知道这是紫薇。

到上海后，几经折腾，总算有了可以养些花草的阳台，于是就“任性”地种了一些花草。今天一数，大大小小竟有 60 多盆了。

在我的花草中，论盆数最多的是仙人球。最大的是它们的祖宗，已长到三十多公分，碗口一样的粗。这是我刚参加工作时，同一办公室同事老朱因下海去企业，留给我的。与老朱他们一同留校的还有老杨、建东兄、建明兄，至今他们都已离开了学校，事业有成。老朱肯定不会想到，他留下的仙人球如今还在，还生出许多后代来。希望有一天，老朱能搬几盆到他的豪宅去。

我对于种植的花草品种没有特殊的偏好。现在长得最高的橘子树，是自己长出来的，已随我搬过一次家了。因为是自生的，既不开花，也不结果。有一次老杨嘲笑我，说我不知道要嫁接。其实，我是希望有一天，它真能开出花来，结出果来。

还有一枝女贞树，也是自己长出来的。女贞的好处是不怕干，不会死。有次夏天高温，因出差，许多花草都枯了，可到了初秋一下雨，女贞居然一下子长出了满树的嫩芽。

除了仙人球，我的花草中，最多的是月季。当初从小菜场花 10 元购得的月季，如今已繁殖了近 10 盆。

养花的乐趣，除了让你忘记工作中的烦事外，还可以赏花养心，更常有惊喜发生。去年开过的风信子，多没有扔掉，今年过年前在花盆中发现，重新放在专门的玻璃瓶中，居然又一度开花，让人喜悦。前年种的何首乌，去年夏天好像干枯了，没想到今天已发芽了。

我家的花花草草，虽不名贵，但他们进了我家的阳台，都是有些理由的。如自己长出来的，搬家过来的，老朱专门留送我的，自然要保留。月季花好养，开花勤快，也得留。

最近，那枝女贞树被折腾了两次。春节从老家带来了一桃形李树，因看中女贞树的花盆，只好委屈女贞挪地方了，昨天因买得一棵桃树，没地方种，只能第二次让女贞折腾。

唉，没办法，谁让女贞树不开大红花不结大果子，而且她又好说话，老实巴交的，给最小最差的盆也能活。

当然，更可怜的是那些迎春花，因为实在没地方了，其他的谁也动不了，干脆将它们移到了北阳台了。虽然缺少阳光，它们于今还顽强地活着。

花草如此，大概人类的生活中也有同样的故事吧。

（2015 年 3 月 22 日）

乡愁连着始宁

有些人无法沉淀为铭记，有些事无法沉淀为回忆。岁月的流逝，却总有一些事、一些人让人记忆。乡愁常常是一种深深的记忆。

越音乡愁未有涯，剡地本是归隐处。从离乡，倍思家，归耕何地植桑麻？

我的乡愁，是一种思念，思念记忆中的家乡，感叹自己身回不到故乡，心灵也无法在异乡安身，那是一种空灵的愁。多年前，我看了三界胡村人胡兰成的《今生今世》以后，感于胡兰成对家乡的精妙回忆，更使自己的乡愁增加了厚度。

然而，在这乡愁的背后，我们是否能真懂故乡？是否从历史的视角来认识家乡？

一条窄窄的市声嘈杂但又弥漫历史气息的南北长街，如今仍在三界镇上。可是1886年前，这里有一个县叫始宁县，县治就在三界镇上。这个历史上的始宁县，在文化血脉上，已给三界留下了太多的痕迹，储存和传递着丰富的文化信息，成为三界人断不可缺失的文化记忆。

作为民族凝聚力和创造力的重要源泉，文化，从来都深刻地体现着一个族群、一方水土的品质。我的故乡嵊州，位于江南秀丽山水的腹地，群山屏列，大涧中流；民风淳朴，物产富饶。在这方水土上，历经数千年所形成的剡中文化，既得山水之幽，更涵人文之胜，在中华文化宝库中，始终闪耀着独特的光芒。

以上这段文字，是当代嵊籍哲学家邢贲思教授说的。邢先生还说过，嵊州还是中国文学史上著名的“山水诗派”的开山鼻祖谢灵运的故乡。谢出生在会稽始宁县，县治即今嵊州市三界镇。成年后，谢灵运赴建康(南京)袭封康乐公，至南朝宋景平元年(423)，辞官归隐，住在他的祖父——也就是因“淝水之战”而声名显赫的车骑将军谢玄修建的“始宁墅”内，撰写出在我国经济学史和文学史上占有重要地位的《山居赋》。

我想，李白的《梦游天姥吟留别》大家都曾背过，其中的一句：“湖月照我影，送我至剡溪。谢公宿处今尚在，渌水荡漾清猿啼。”“谢公宿处”就是三界镇。应该说，谢灵运是地地道道的嵊州人，不过求证与公认，还得费口舌，当然这不重要。

1129 年 8 月 18 日，李清照丈夫赵明诚去世。当年 10 月，李清照就开始辗转在浙江一带，开始了她的寻觅之游。李清照从建康出发，先后经浙江的越州、明州、奉化、嵊县、台州。在嵊州，她寻觅李白的隐居之地，思念归去的夫君。

嶀山叠嶂连星，
剡溪有胜景。
秋风瑟瑟，
丝丝凉意。
一场夜雨已过，
乌云时而将月亮遮住，
一个女子，
她正在匆匆赶路，
想来剡地寻求慰藉

这是拙作《李清照夜游剡溪》中，写到李清照到三界沿剡溪寻寻觅觅的场景，常常勾起我的乡愁。

“将至三界址，江色狎人：渔火村灯，与白月相下上，沙明山静，犬吠声若豹，不自知身在板桐也。”这是明代王思任的《剡溪》中的一句。三界埠头的船，算是一道风景。如今早已没有了渔船，谈不上了渔火。“沙明山静”描写得甚是确切，可惜，多了运沙船，据说三界的沙很好，是上等的建筑材料，用船可以载到上海的。至于“犬吠声若豹”，也许明代的犬比今日叫得响。

“莼鲈何日此重过，风物江乡念钓蓑，两岸人家黄叶时，卖鱼声里夕阳多。”郑午昌先生的《望三界》一诗深情地描绘出了画家对家乡的思恋。岁月沧桑，感慨依旧。

关于始宁的事很多。以上诸种如一颗颗珍珠，散落在广袤的时空中，需要一根线把它们一一串起来，缀成美丽的项链。

郑士民先生于我亦师亦友，先生经数年之功，编写的《始宁后人说始宁》，正是这样十分有益的尝试。

始宁时期是三界乃到嵊绍虞社会经济发展史上高峰之一，也是文化上的高峰。1880 多年以来，始宁文化一直润浸着千千万万始宁后人的心，世代传承，活跃在我们的基因里，流淌在我们的血脉中，历久弥新。

在我看来，始宁传统文化所折射出的始宁人的传统文化精神可以归纳为：重孝讲义、重农重教、自强不息、朴实硬气、勤俭自爱。这些精神大家都可以在《始宁后人说始宁》中捕捉到。当然，对传统文化，还需要我们汲取精华，去除糟粕。

“不管离开多远，也不管离开多少年，只有家乡是永远不会忘记的牵挂。”嵊籍著名画家刘文西先生的这句话道出了多少同乡的心声。现今的中小学生，也许并不能体味乡愁。但或许若干年后，你们之中的许多会离开家乡三界，去谋事、去创业，到那时，你们可能才会记得这一头连着始宁，那一头牵着你谋事创业的异乡的乡愁，希望这浓浓的乡愁，是始宁文化、始宁精神给你的力量。

（2015 年 4 月，为郑士民先生《始宁后人说始宁》代序）

寂寞如鱼缸中的鱼

我的寂寞，
如鱼缸中的鱼儿。
在这小小的空间里，
在这封闭的
水体里
游来
又游去。

他们说，
水可以通
小溪，
小溪可以通
河流，
河流可以通
大海。

他们说，
那个大海啊，
可以自由地，

游来
又游去。

可是，
这个企盼啊，
只是寂寞
带来的梦。
只是，
飘浮在鱼缸中
的梦。

就像乡愁的梦，
可以梦到
白云
可以梦到
大海。

可是，
梦醒以后，
仍然在
远离故土的异乡。
仍如这小鱼
在鱼缸
中的寂寞。

（2015 年 6 月 29 日）

为李君考剡地文化记

李君吾友，系吾乡仙岩镇人，中国鼓王李民雄教授之侄也。李君早年投笔从戎，又下海经商，客居孔孟之乡，业事之余，品茶赏铭，凡二十余载矣。

剡溪蕴秀异，欲罢不能忘。李君既生于剡地山清水灵之仙岩，自幼又得祖上教诲，其文化之种早植根于心，及经孔孟之乡滋养，文化之花终破土而出。

考据之学，康梁曾为之，王静安为之，胡适之为之，寅恪先生为之，万千士人为之，然建功者甚少。东晋距今，千年早过，其史料虽卷帙浩繁，但多有谬误，且不可以以孤证为据。考证之终，曰证实、曰证伪，实伪俱如东海之捞针，须久久为功。李君以游子之心、思乡之情，钻研其中，欲证其实、欲正其名，此心可赞，此情可敬。

吾与李君失联久矣。想当年在军营相聚，梦盼再聚。某日李君以博客相寻，始得重叙，幸哉。又读李君剡地文化考证高论，欣其文功，感其乡情。

乃记之。

（2015年10月18日）

香樟树下

沈湖村东边村口有两条道路，一条往东到 104 国道，一条沿村沿长山到范洋，交汇处有一棵香樟树。

我记不得它是什么时候种的，建明弟说应该是在 40 多年前栽种的。不过我小时与梁兄在一起玩时，好像从未注意过它。

如今这樟树已成为村里的地标。

我觉得它是村中最有历史的树了，但亲戚们告诉我村中还有一棵大枫树——虽然我每次回家总不曾见到它。

我只记得，村西边原是几个小孩都围抱不过来的大枫树，树下满地枫叶与枫树果球，这果球与法国梧桐的球较为相似。夏秋傍晚，大人在树下边干活边聊天，孩子们就围着树玩。记得见过小姨夫少时全家曾在树下合影的照片。那大枫树早已不见踪影。只留下村东的樟树。

父亲每天都在这樟树下的水泥围堤上休息的。

七年前，母亲离世，父亲也搬回沈湖村居住。沈湖村依山傍水，小山小湖小楼相间，户籍人口不过千人，加上平时七成人口务工在外，除了春节、清明等时，平常里倒也算清静。

父亲生活很有规律，清晨不到五点就起床，沿荷塘柳岸走了一圈，在樟树下稍息，与几个老人一并聊天，时而与并不算多的来往乡亲打打招呼。现在想来，这六年应是他这一生中最安逸的时光。

父亲的童年是在苦难中度过的。他七岁上学，九岁因贫辍学。因为父亲九岁时，我爷爷奶奶已先后过世。他十二岁就到别人家放牛当童工。“我读书不差，每中期中考总是前二名”，父亲在退休后写的《经历》中是这样自述。

1951 年父亲应征入伍成为一名志愿军战士，虽没有直接在前线，但在部队四年，立三等功二次，受奖六次，还加入了中国共产党。

回到家乡，父亲即被选为乡党支部（当时只是支部，后来为乡党委）副书记兼组织委员。后来还到省委党校学习。在 1977 年前，父亲也担任乡干部 20 多年。这期间，最令他自豪的“西干十年间，大搞水利”，所谓“西干”是沿本乡西边的人工排水干渠。修排水渠，并在闸头（地名）这个地方搞了“排涝站”，父亲说“（完工试用时）来看的群众有 5 000 多人”。这个水利系统，如今仍在发挥作用，去年夏季发大水，还靠这个排水系统，极大地减少了损失。本乡上了年纪的人至今仍记得“炳书记”的好。当时绍兴地委及嵊县县委还发过专门通报表彰我父亲。乡里文艺队还专门排演节目颂扬我父亲的事迹，在各村放电影前演出一番。当时嵊县人民广播站每天第一次播音时间前，总会播放一段“的笃板”，唱的就是我父亲“一心为公、为民服务”的事迹。

我对父亲这一经历并不了解。今年春节，我哥将父亲的《经历》打印出来后，才有了一个全面的了解。

1977 年，父亲从乡里调到县城，担任了县农办副主任，这个农办很大，下辖有农业局、林业局、水利局、农机局、电力公司等单位。后来，父亲又调任里东区（当时，县与乡之间，还有一个管理层级叫区，一个区下设几个乡）区长。退休前，父亲回到三界区当“巡视员”，后又担任区人大联络办主任。我记得在县城时，父亲住在工人剧院旁的三楼时，邻居是尹文欣，他有一个儿子叫尹广宇。每年暑假放学后，我们进城去住，每天傍晚还到溪里洗澡，边洗澡边摸黄蚬，每次都可带回一小盆。有一次，看到工人剧院拉了一条横幅“欢迎蔡振华乒乓表演赛”，后来才知道蔡是嵊县女婿。父亲从农办赴里东区上任，就将城里的房子交回了。

1992年父亲退休后，担任了三界镇老年活动室主任，一干就是十六年。这期间，父亲与母亲与其他同志捐资在三界镇学生教育基地“烈士墓”边上建了“展英亭”。我后来在父亲的《经历》中，看到嵊州日报专门以“莫道桑榆晚，余辉更灿烂”的报道，其中有两个小标题分别是“为了省下一个报夹钱，锯掉一节手指头”“不辞辛劳，为老年人营造一个温暖的家”。

回到沈湖村后，父亲天天看书、学素描、学摄影，沈湖村的春桃、夏荷、秋实无不出现在他的素描与照片中。

我回家不算多，每次回家都只顾尝家乡菜的美味了。

我回家后与父亲的交谈也不多。今年春节，看了他的《经历》，我曾建议他补充一些他青少年时与1949年后乡村社会管理的情况——我认为，这些事让父亲记下来很有意义。

多年前父母住在三界时，每次我回上海时，他总要到车站送我上汽车。住在沈湖后，他也总不紧不慢，目送我们的车子开过香樟树。

这个元宵节，父亲走了。

安详地走了。

七年前正月十六，母亲去世，七年后的正月十五，父亲随母亲去了。

“子欲养而亲不待”，父亲没有给我们尽孝的机会，就像他从不希望给单位及别人添麻烦一样，也不想给我们“添麻烦”。

其实，我们是没有心理准备的。因为，这个春节，他仍是很健康的，还破天荒地去他侄子家做客。

父亲喜欢看书，我平日里总将他喜欢的《大江南北》等书、杂志收集起来，并回乡里带一大包给他。如今，我纵有千万好书，送与何人看？

春天来了。我想，此时沈湖村的柳树该绿了，桃花该开了，今年的春天，那个背相机的老者，那个微笑着坐在樟树下的老者，却再也不会出现。我们也不会再见到车子回上海时，有人目送车子驶过香樟树了。

还有，今后园子里的那些花花草草，不知谁给你们浇水？

父母在的沈湖村，是家乡；父母不在的沈湖村，是否只是故乡？

咏　樟

常绿不拘秋夏冬，问风不逊桂花香。泊名愿落梅兰后，心静好陪日月长。

（2016年3月18日）

社戏是一种乡愁

一位被称为“中国后先锋美女作家”的朋友曾问我：阁下身为“绍兴人”，当知“绍兴大班”“越剧”“社戏”的区别？

我生于绍兴嵊州（原嵊县），自然可称绍兴人，但其实与“绍兴人”还是有区别的。

绍兴下辖绍兴、诸暨、上虞、嵊州和新昌五个县市。也就是说，广义的绍兴人是由上述五种人组成，这五种人，每种都有一个绰号：绍兴师爷、嵊县强盗、诸暨木卵、上虞拐子和新昌××（对新昌的绰号不雅，在此略去）。绍兴（应为原绍兴县），文化名片绍兴师爷，“无绍不成衙”，这里是师爷的故乡。诸暨，文化名片是西施，可以遥想当年越国的故事。上虞，文化名片是祝英台，实际上此地为虞舜后代的封地，应比有争议的“梁祝文化”更为显眼。新昌，文化名片是大佛寺，还有诗仙李白千古名篇《梦游天姥吟留别》的天姥山。而我们的家乡嵊州，文化名片自然是越剧。

《胡兰成传》作者张桂华说：绍兴是著名的中国历史文化名城，可绍兴好风光，只是绍兴本土风光，嵊县却荒落：绍兴富名胜，计有禹陵、越王台、兰亭、鉴湖、沈园、东湖等等，嵊县一处轮不上；绍兴多名士，嵊县却稀有，绍兴历代，昔有王羲之、王献之、谢灵运、贺知章、陆游、章学诚，今有秋瑾、蔡元培、鲁迅、马一浮、范文澜等等，明代袁宏道初至绍兴即谑称其地“士比鲫鱼多”，今之毛泽东也曾赞叹绍兴为“名士乡”，可历数绍兴各代名士，若细究，多的只是绍兴本地的山阴以及诸暨人，嵊县却寡有，当代数得上的名人，嵊县只有一个武的王金发和一个文的马寅初。

张桂华的说法自然让嵊县人民难以接受，也许无知无畏，不足与之论辩。不过，他却说出了嵊县与绍兴的区别。

胡兰成在《论张爱玲》中写道：她（指张爱玲）赞叹越剧“借红灯”这名称，说是美极了。从嵊县当地的“落地唱”形式发展为越剧的起始，恰是胡兰成出世之年，胡兰成要与张爱玲谈越剧，足见胡兰成自小耳濡目染越剧，一生沉浸于其中。

张桂华还说越剧是胡兰成幼时最早的艺术启蒙，也是他最早得到的知识教育。越剧剧目大多取材于历史，取材于民间传说中的才子佳人故事，带有中国民间典型的喜怒哀乐和是非观念。胡兰成推崇“民间”，对家乡地方戏的剧情唱词在自己的著述中顺手拈来，随处运用，这也是他的文章最见精彩的一面。若他有意在此用功，可以成为一个很好的中国民俗、民间戏曲的研究者。

胡兰成是否会成为一位很好的中国民俗、民间戏曲的研究者也许并不重要。薛仁明认为胡兰成是百年来谈中国文化最到位的人之一，甚至没有之一。我对这个评价不作评价，但不可否认，胡的作品《今生今世》《禅是一枝花》《中国礼乐》《中国文学史话》等，无时无刻不都在散发着“桃花烂漫的江南小镇，有青青陌上桑，有热闹的戏文，有过年时节的繁花似锦，有旧时婚嫁的绵绵情意”的气息。那么，胡兰成的家乡“热闹的戏文”是一派怎样的景象呢？

绍兴民间戏曲应包括绍剧、越剧、绍兴莲花落、绍兴鹦哥戏、新昌调腔、诸暨西路乱弹等等。这些剧种中的名剧主要有绍剧《龙虎斗・大斗》、越剧《梁祝・回十八》、绍兴莲花落《珍珠塔》《何文秀》《闹稽山》、绍兴鹦哥戏《买青炭・朝奉先生看见白牡丹》、新昌调腔《西厢记・游寺》、诸暨西路乱弹《哑背疯》、绍兴目连戏《张蛮打爹》《男吊》等。

绍剧，又名“绍兴乱弹”、“绍兴大班”，1950 年定名为绍剧。它是中国汉族的戏曲剧种，流行于浙江绍兴一带。绍剧是浙江三大剧种之一，已有300多年历史。绍剧以高亢激越的唱腔、粗犷朴实的音乐、豪放洒脱的表演和文武兼备等特点形成了自己独特的艺术风格。一出《孙悟空三打白骨精》拍成电影后，发行七十二个国家和地区，风靡全国、声播海外。

越剧，是中国五大戏曲种类之一，有“中国第二大剧种”之称，是第一批国家非物质文化遗产。越剧长于抒情，以唱为主，声腔清悠婉丽优美动听，表演真切动人，极具江南灵秀之气，多以“才子佳人”题材的戏为主，艺术流派纷呈。主要流行于浙江、上海、江苏、福建等江南地区。

绍兴莲花落，亦称莲花乐、莲花闹，是浙江省绍兴地区的一种汉族曲艺形式。因演唱中间有“哩哩莲花落”之类的帮唱过门，故名。或说由唐时“散花乐”变为“莲花乐”再变为“莲花落”。因其演唱生动活泼，唱词通俗易懂，唱腔朴实流畅，富有浓郁的生活气息，为群众喜闻乐见。

至于新昌调腔、诸暨西路、绍兴目连戏我至今没有看过、没有听过。

越剧在上海被叫做“绍兴戏”，而上海人好像不太喜欢绍剧，我居上海多年，也从没有在上海看到绍剧。绍剧“大吼大叫，气势雄壮、高亢激扬、刚健有力”，很像秦腔，具有男子汉大丈夫的雄略和气派。整台戏剧就是声色俱厉，给人振奋的感觉。绍剧中常常加上“度索舞絙，翻桌翻梯、觔斗蜻蜓、蹬坛蹬臼、跳索跳圈、窜火窜剑”之类，让人手里捏一把汗，据说看完一台戏是很吃力的。绍剧中名篇《孙悟空三打白骨精》倒是典型的代表。

越剧是有世俗风情的地方戏，越剧以前都是女生演的，绍剧如果是女生出演，我会觉得十分怪异。“绍剧打天下，越剧讨老婆”，各取所需。绍剧高亢激越，越剧婉转悠扬。这种区别造成了上海人喜欢越剧、不喜绍剧，也许是文化基因吧。绍兴戏曲中绍剧与越剧，真如绍兴现代一对最著名文人，鲁迅与周作人，鲁迅是绍剧，周作人是越剧。

回到本文开头那位作家的提问。

张代敏在《社戏里的“社戏”》中说：“古时绍兴的祭社，为行令做诗。春祭谓‘春社’，是祈农之祭，秋祭谓‘秋社’，此时农家收获已毕，立社设祭，是为了酬报土神。后来发展为以演戏来祭社。这时演的戏便叫‘社戏’，因为每年要演，亦叫‘年规戏’”。

所以，社戏是一种统称，至于演什么剧种，要看出钱者的兴趣。在绍兴看社戏，应该以绍剧与越剧居多。鲁迅的《社戏》中“看见台上有一个黑的长胡子的背上插着四张旗，捏着长枪，和一群赤膊的人正打仗。双喜说，那就是有名的铁头老生，能连翻八十四个筋斗，他日里亲自数过的。”据此，我认为当时上演的是绍兴大班（绍剧）。《阿Q正传》中那句“我手执钢鞭将你打”的唱词来源，即绍剧《龙虎斗》中赵匡胤与呼延三赞的“大斗”。

绍兴戏曲传统绵长。绍兴城乡演出活动频繁，绍兴人陆游晚年回乡居所写诗中，多有咏及。陆游诗云：“老伶头已白，相识不论年。时出随童稚，犹能习管弦。”“野寺无晨粥，村伶有夜场。”“空巷看竞渡，倒社观戏场。”

我的童年是文革后期及改革开放之初，乡村虽不富裕，但仍可看到“戏文”（指看戏）。当时生产大队（当时乡为“公社”，“村”为“生产大队”）集体分“工分”之余，总会留一点钱，到春节前后总会请“小歌班”（越剧）或“绍兴大班”（绍剧）来村演出。这种演出是乡村的盛会，村民总要奔走相告，事先邀请方圆十几里的乡邻亲朋好友前来看戏。“走亲戚”与看戏一举两得，家家户户“高朋满座”。

有祠堂的村，祠堂中常有戏台，没有戏台的，村中里是事先搭的戏台。一般演出是下午一场，晚上一场。我的家乡虽也有山有水，但很少有戏台沿河而搭的，所以不像鲁迅笔下有要坐在船上看戏。倒是台下没有椅子，去看戏都要自己带长凳子去的。靠前戏台的，可以坐着看，靠后的，只能站着前，如果旁边正好有大树，总会有人爬在树上看。演出的前后几天，这戏台台上台下，是我们童年最大的乐园。当时，村里也没有大食堂，被请来的“戏班子”是分散到各家各户吃饭与睡觉的。到村里演出的大多是“草班子”，所谓“草班子”并不是指水平低，主要这个剧团不是专业剧团，农忙时务农，农闲时排演。演员都是有天赋的纯朴农民。分配到各家各户吃住，也不讲究，霉干菜、苋菜梗、荠菜、竹笋、马兰头、泥鳅、黄鳝、螺蛳，主人有啥就吃啥。我记得曾在我小姨家吃住过几次的几个演员，后来都成为我小姨家的朋友，还常有联系。如第二次再来本村，会主动申请到小姨家吃住。

近年来，随着乡村文化生活的日益丰富，村里演“戏文”很少了。偶有某家红白喜事，由东家出钱到村里演戏，但早已没有我儿时的“盛况”了。

所以，我定义的社戏必须是在村中有临时的戏台，村里老老少少都搬了长凳子，台前台后都有小孩戏闹的那种盛宴。

那种回不去的记忆，如今却已变成了乡愁。

（2016 年 6 月 11 日）

绍兴谚语中的饮食文化

绍兴民间谚语是绍兴人民在田边、地角、桥头、檐下共同创作，口头传播，在历史长河中反复修改、提炼、去陈出新筛选出来的，富有浓郁的乡土味。绍兴民间谚语中关于饮食的谚语很好地反映出绍兴的饮食文化，细品给人带来浓浓的乡情。

“人参一斤，勿如白米一升”。绍兴属水乡，绍兴人米食为主，面食为辅。记得小时候，舅舅在北京工作，外婆常寄大米到北京。绍兴人，特别是绍兴农村，连早晚也吃米饭。年糕、榨面也用大米来做。我的家乡三界有名的是三界大糕，用糯米、大米两种米混合并用清水浸泡过夜，然后沥干水后稍微晾晾干，轧成粗粉，用孔眼比较粗的筛子筛出粒子太大的米粉，再轧一次，或者用擀面杖压碎，加入白糖，和少许清水拌匀。蒸锅里铺上屉布，放上一个慕丝圈，里面填上一层米粉，铺上一层豆沙；再铺上一层米粉，点缀上干果、椰条、糖冬瓜粒，最后用大火蒸熟。我记得最好吃的是三界老街“始宁老街”的那家，不知现在还在不在。

“清明吃艾饺，立夏吃樱桃”。清明时节，越乡人素有吃青饺、青团、青饼。做青饺先将艾草冲洗干净，煮熟捣烂、拌进糯米粉，包成饺子状，青饺内馅可分甜咸两种，甜的用食糖和豇豆制作成豆沙；咸的用腌制的九心菜炒肉丝和青笋，或用肉丝和腌九心菜炒香干丝，青饺包成后放进竹制的蒸笼里蒸熟，青饺出笼时青香扑鼻满屋飘香，顿叫你食欲大开，吃起来回味无穷。

“饭焐萝卜地人参”。绍兴多小山，在小山上种出的萝卜特别鲜嫩。“杭州萝卜绍兴种”，也说明了绍兴萝卜深受人民喜爱。萝卜可以生吃，可以凉拌，也可以用盐泡制后吃。饭焐萝卜做法十分简便，绍兴乡下多用灶烧饭，将萝卜在烧饭时蒸一下，放点调料即为美食。

当然，说绍兴，最不可少的是绍兴酒。绍兴酒的起源可追溯到春秋时期，距今已有二千四百多年历史，兴起于残唐五代；南北朝时绍兴酒作为贡品就已变成了定制；南宋建都临安，绍兴近在京畿，绍兴酒已发达到了“城中酒垆千百所”的程度；明、清两代，已远销国外。“倪子要亲生，老酒要冬酿”“做酒靠酿，种田靠秧”“人要老格好，酒要陈格好”“陈酒味醇，老友情深”“饭是根本肉长膘，酒行皮肤烟通窍”“你会雪花飞，我会老酒咪”“叻得尺布勿遮风，吃得壶酒暖烘烘”，都说出了厚重的绍兴酒文化。

“夫妻老对老，霉干菜蒸猪脚爪”。说绍兴，也不可少的是绍兴霉干菜。早在《越中便览》中就有记述：“乌干菜有芥菜干、油菜干、白菜干之别。芥菜味鲜，油菜性平，白菜质嫩，用以烹鸭、烧肉别有风味，绍兴居民十九自制。”对于从小吃干菜长大的我来说，干菜是家里一年四季必备的食材，更是我最深的故乡回忆。

“清明螺，抵只鹅”“剁螺蛳过酒，强盗来了勿肯走”。绍兴水乡中大大小小的湖泊河流中盛产螺蛳，螺蛳几乎俯拾皆是，螺蛳以清明前后最肥。螺蛳过酒，实在赛过神仙。青壳螺蛳和鲜红的酱夹杂在一起，色、香、味俱佳，以此下酒，可谓上品。

“雪割菜大雪腌，冬至开缸吃过年”。绍兴腌白菜是家常菜，小时，每年腌菜时，母亲总让人爬到大缸中踩踏，一圈一圈转到头晕。我每次回老家，只要有腌白菜下饭，满满一碗饭立马扫光。如果能在腌白菜中加一些冬笋，则更加鲜美。

吃牛肉，赶斗门；柯桥豆腐干，皋埠成烧饼；夏履桥杨梅，陶家堰艾饺；樊江松子糕，道墟洋官枣。这些说的是绍兴各地的特产。

当然，绍兴还有酱制食物，如酱鸡、酱鸭、酱鹅、酱肉等；有醉制食物，如醉虾、醉蟹、醉麻蛤、醉红菱；有糟制食物，如糟鱼、糟鸡、糟鸭、糟鹅、糟肉等；还有下酒的名菜，如茴香豆、盐煮笋、香干和炸臭豆腐。都是满满的乡味。

周作人在他的《乌篷船》中有这样一句："我所要告诉你的，并不是那里的风土人情，那是写不尽的，——"一方水土养一方人，绍兴的风物早已烙在我们的心中，融入我们的血脉中了。而今，身在异乡，重温谚语，想起绍兴的味道，更增加了浓浓的乡思。

（2016 年 8 月 19 日）

从前

从前
只有欢乐和阳光
欢乐
是童年的符号
符号
是沈湖的山岗
阳光
是童年的使者
使者
是沈湖的春花
那时
记不得有忧伤
记不得有雨季

从前
只有梦想和明天
梦想
是剡溪里
那个美丽的小妖

她有些诱人
她有些神秘
明天
是嵊山上的精灵
老人们天天遥指着她
可我
从不曾见她的模样
虽然
我一直梦着她的模样

从前
有一个长辫的
女孩
伊总是在放学的路上
远远的走在前面
她的脚上
穿着一双黑色的布鞋
她的辫子
像摆动的秋千
荡着
荡着

从前的日记
变成了如今的
甜美记忆
但望看
今日的临港
已是深秋
这天,有些微凉

这夜，有些惆怅
曾经有过的
美丽的心愿
深深的期许
静静的沉思
心痛的自责
羞愧的沉默
已随风飘入东海

是谁
还在收获安慰
是谁
还在接受感伤

留下的浮躁
留下的浅薄
化作了
这深秋的残诗
只期待
那个无雪的冬天

（2016 年 10 月 30 日）

第二篇

小东视角

金杯银杯不如学生的口碑

很高兴参加今天的“感动 2011——海大受学生欢迎的好老师座谈会”，议程中本没有我的发言，听了刚才“十佳”基础课教师、学生评教优秀的教师代表、“网络教学达人”教师代表的发言，有感而发，我跟主持人申请，希望有机会来讲两句。

如果用一句话来表达我今天与会的感受与收获，我想用以下的只字片语与大家分享：

“让每一堂课都感动自己”（获奖者：社科部江崇文老师）

“课堂管理的艺术”（获奖者：信息学院李英杰老师）

“站在讲台上的东方学者”（获奖者：信息学院张云老师）

“让学生成为反思型的学习者”（获奖者：外语学院朱章华老师）

“每一次上课都是一次演讲”（获奖者：经管学院徐开新老师）

“做学生的工作永远是不够的”（获奖者：心理中心蔡雅琪老师）

“毫无保留地将自己的本事传授给学生”（获奖者：人文学院康明安老师）

作为学校的一员，我要向海大的“十佳”基础课教师、学生评教优秀的教师代表、“网络教学达人”教师代表表示我的祝贺、感谢、敬意！

金杯银杯不如老百姓的口碑。作为一所大学，我们的老百姓是谁？就是我们的学生。学生的评价，才是含金量最高的奖杯！金杯银杯不如学生的口碑！

教书育人本是“光荣的人民教师”的天职，为何今天我们谈论这个话题让人感到如此的沉重？为何今天的有些教师会让学生如此“健忘”？为何我们今天还要重新审视“为师”这两个简单的汉字？

一名优秀的教师，应该是学生心中永远的丰碑。他应该是：朝思暮想返回母校第一个想见的人！每一点细小的成就想第一个报告的人！遇到曲折第一个想诉说的人！

教师的人生价值，不在金钱、不在官阶、不在职称，得到学生的称颂，获得价值的实现、丰厚的成就感，才是每一名教师最大的快乐！

再次感谢“十佳”基础课教师、学生评教优秀的教师代表、“网络教学达人”，还有学校每一位敬业的老师！

因为，您们既是过去百年海大的句号，更是海大新百年的冒号。

（2012年2月21日在“感动2011——海大受学生欢迎的好老师座谈会”上的发言）

在信仰中生活，在奉献中忙碌

从市委组织部“部队、农村、党校”培训班学习回来，已过去了很多年。回顾在部队、农村、党校的体会，学员们对 90 多年来我们党取得的成绩表示无比振奋，更加深刻地体会了“没有共产党就没有新中国”的真理，也更感到各自所肩负的责任重大。

“部队、农村、党校”培训班的办班宗旨，符合科学发展观的要求，这种形式的办班，体现了“三个层次三个性（心）”，即体现了领导层的前瞻性、操作层的责任心、基层的积极性。该班次目前共培训了上千名学员，通过各自岗位的努力，取得了较大的成绩，形成一个优秀的群体，带动了周围的干部与群众，形成了一个新的气象，受到了人们的认可。应该说，给组织部领导、给部队、给革命老区带来了新的荣誉。

特别是在井冈山期间，学员多次受到毛秉华教授的教育，至少仍在激励着我们。他四十多年如一日，义务宣讲井冈山精神，每年讲课 300 多场。在旅游旺季，常常每天宣讲两三场，最多时一天讲过 6 场。有时一场讲课听众就多达上万人，到今年，听众累计已达 160 万人次，被誉为“井冈山精神第一宣传员”。

毛秉华“宣讲井冈山精神是为了让听众接受革命传统教育，要教育别人，就得言传身教”，本身就是教育我们的鲜活的案例。

“什么是井冈山精神？就是坚定信念、艰苦奋斗，实事求是，敢闯新路，依靠群众，勇于胜利。”

总有一种无形的力量在时时激励着我们努力工作，这种力量就是井冈山精神！

获悉毛秉华老师主编的《井冈诗词选》将再版。祝愿井冈山精神更加发扬光大，祝愿毛秉华教授身体更加健康！

（2012 年 4 月 17 日）

多余的话

拙著《剡溪再笔》出版后，承蒙读者朋友的关注，他们的关注、鼓励使我诚惶诚恐，就怕自己学识浅陋，文字粗浅拙劣，误导读者和后人。

李先生以《浓墨乡情　感悟心灵》为题，精心准备了他的读后感：当捧读《剡溪再笔》的时候，一开始就会触碰到了那些语言的独立特行的美感，被他娓娓而谈的话语深深打动。呵呵。

老师最近读了《剡溪再笔》，作者提到“沈湖最值得记忆的痕迹，是她的夜”。我的家乡不似沈湖村的水乡风情，我同样对家乡的夜晚情有独钟。

东方学者张博士在2012年4月28日返回上海的飞机上，写下了“今天是第二遍读完《剡溪再笔》的书，相比起第一遍的时候，这一次更注重阅读了每篇文章的细节和语句，当然感受也是更多”。这些话很符合他作为日本留学生的个性，也很亲切。多谢多谢。

作为沪上大法官的冯兄，想来我认识他已十多年，还曾经在一起学习、生活达八月之久，我居然不知道他写得一手好字。他的“读后感”很有创意，用考究的老式毛笔信纸，写下这么一段话：“湖月照我影，送我至剡溪”，有这么一个故乡是令人羡慕的。所以我最喜欢的是沈湖村一节，我虽是浙人，但祖辈早已离开了浙江，反认他乡为故乡矣。十分感谢。

著名食品老专家尹宗伦先生写道：作者对海洋大学的情结很深，

此书献给学校百年纪念是最好不过了。作者回忆家乡，也是情意深深，情结悠悠。虽然，我的家乡离作者老家数十里，而且，作为山乡，隔个山头，都可能有不一样的风习，但有“剡溪”维系着古往今来的交流。我在同感中勾起了一些回忆。我从小就听过清风娘娘的故事，过三界，总要仰望清风庙。说到三界，不知作者听说过茶场的时代经历吗？作者对读史、教育的论点，我似有一些同识。尹老的提醒，又引起我对家乡的回忆。祝他老人家健康长寿。

陈老师发来邮件：读了《剡溪再笔》我忽然觉得有家乡的人是幸福的，对家乡一草一木以及对故乡人的思念那是一种甜蜜的回忆。像我们出生在上海的所谓上海人是“可怜的”，我们像浮萍一样漂着，找不到自己的根基。珍惜吧！多回自己的祖籍去走一走、看一看，因为那里是我的故乡。

资深律师、学兄钱先生说，我们这把年纪，翻翻《剡溪再笔》这样的小文章，非常有意思的事。刚刚看了三界渡头那段，哦，我今年元旦还特意去看了。貌似，渡船没有了。那里是我学游泳的地方啊。可是，我记不得他在三界学过游泳吧。下次见面定要问个详细。

“作者对母亲的怀念文字，深深感动了我，那失去了永不再回的伤感扣遗憾让我潸然泪下，今年清明我将回老家第一次为我父亲上坟……”这是陈教授的不眠之夜，却让我有些不安。

“辫子雨君”3 月 12 日写了微博：今天起得早，平底鞋走路悄无声息，一只肥嘟嘟小麻雀陪我并排走五六步路，小小影子在阳光里又活泼又漂亮！回家收到大学老同事@剡溪再笔同名散文书，想起刚毕业在水大的好日子，短发的我整日阳光灿烂，白天写校报新闻晚上在五楼办公室敲散文，而你就在 4 楼敲字！只要写着，就有勇气就有梦，祝福你。我记不得辫子姐姐短发的模样。如今她拥有无数的粉丝(应该是辫子的发丝，包括我的女儿)。

袁枚在《随园诗话》中讲过：“人人共有之意，共见之景，一经说出，便妙。”写诗如此，行文也这样。

我不敢自称拙作为“妙文”。真如袁枚所讲，只是“共有之意，共见之景”,“一经说出”罢了。我只是记录时光中行走的点点滴滴,算是留下一份纪念,倘若能引得读者诸君的共鸣,也是巧合。

当然,也有朋友指出了不足。如四个篇章,如果能专写一个部分就更好了。

感谢所有给我鼓励的朋友,是你们的鼓励,巩固了我的坚守。

(2012 年 5 月 20 日)

扶还是不扶，希望不是个问题

2014 年 2 月 10 日，在一平价商店门前，一位老人正在买菜，不知什么原因，突然跌倒在地。离老人不远的洛阳小伙小刘发现后，赶忙上前扶起老人。结果他刚伸出手，就听到老人说出了一句让他心寒的话："你害我干啥?"此事幸好有监控录像，否则小刘不知道会有什么后果。

此前，2013 年 6 月 15 日，四川达州市江先生儿子和另两个小朋友在楼下玩耍，看见一老太太摔倒便上前去扶。不料老太太起身后却说是三个孩子打闹将自己撞倒的，赖上了家长，要求三个孩子家长各赔偿 2 500 元。

2012 年 8 月 7 日，湖南湘潭鱼贩王培军关掉一半店门，默默地喝下农药，结束了自己的生命。王培军妻子何群说，前不久，丈夫骑车与三轮车发生刮擦事故后，扶起并非自己撞倒的老人并为其支付了医药费。但之后发生的纠纷使他无力应对：他们被老太家属反复索赔，金额由数千元升至 20 万。

事实上，这样的报道我们常会看到。最令人关注的是南京彭宇案。2006 年 11 月 20 日上午 9 点 20 分左右，他乘坐 83 路公交车在南京水西门广场站下车。据彭宇描述，当天早晨他从公交车上下来，看到一位老太太跌倒在地，上前去扶她，并和当时在场并主动过来帮扶的另一位中年男子陈二春一起将这位老人送到医院。彭宇认为自己是在做一件好人好事。对此，老人徐寿兰却有截然相反的说法。当时，在医院被检查出胫骨骨折的老人徐寿兰当场指认自己是被彭宇撞倒的。因为被摔成骨折，鉴定后构成 8 级伤残，需花费数万元医药费，老人徐寿兰及家人要求彭宇承担数万元医疗费。被拒绝后，2007 年 9 月 3 日，鼓楼区法院一审判决彭宇赔偿徐寿兰 4.5 万元。

近年来频频出现见义勇为反被要求赔偿的案例，彭宇案等一系列案件在社会上造成了非常消极的影响，引起社会舆论讨论。自此之后，出现了多起见危不救、见死不救事件，佛山小悦悦事件就是一个典型案例——两岁大的小悦悦被车撞倒后，十多名路人路过却视而不见，导致孩子被二次碾压，最终因抢救无效死亡。

扶，还是不扶，这是个问题！

很多人会说，这是一个伪命题。该不该扶，不应成为一个讨论的问题。

乐善好施是我们千百年来的传统。“闻征音，使人乐善而好施；闻羽音，使人整齐而好礼”(《史记》)。“老吾老，以及人之老；幼吾幼，以及人之幼”(孟子)。“挟泰山以超北海，此不能也，非不为也；为老人折枝，是不为也，非不能也”(庄子)。

而现在关于扶与不扶，很多中国人都很纠结。

有人说，雷锋去哪里了？其实这个问题还不仅仅是“做好事”这个层面的问题，而是更深层次的社会问题。

有朋友说，现今 60 岁到 70 岁的一代，即上世纪 40 年代到 50 年代出生的人，是一个社会问题，因为年轻时文革的影响，中年时下岗再就业等，造成了最失落的一代。这个论调，实在是偏激，毫无道理，也极不负责。

由于人们过度关注了经济的发展而忽略了道德的培养，导致了社会道德的相对下滑。有些人感叹“世风日下”，也有人感叹法律在某些时候、某些方面的“无能”和“不开眼”。面对跌倒的道德，当社会无力扶起时，法律应该帮一把。培根曾经说过：“一次不公正的审判，比十次犯罪所造成的危害尤烈，因为犯罪不过弄脏了水流，而不公平的审判则败坏了水的源头。”

而从本源上，社会的良知，不仅需要法律的支撑，更重要的还是在每个社会人的行动上。善才能生善，善不仅能生善而且能治恶。

今年2月中旬，山东高唐县一位九十三岁高龄的老人独自在街头散步时不慎跌倒，以致头破血流，在附近的执勤民警带动周围群众参与到救助行动中，警民合力为“人心不倒”作出了最好诠释。这才是正能量。

（2014年2月23日）

想起了南怀瑾

以精研佛心、道丹、行表的国学大师南怀瑾，2012 年 9 月 29 日在苏州太湖他所创办的太湖大学堂安详逝世。

南师一悟驾鹤去，道德文章留万世。

他轻轻地走，正如他轻轻地来，不带走一片云彩，让思想在众生永驻。

其时，我正在台湾访问，回上海后，又重翻复旦大学出版社出版的十卷本《南怀瑾选集》，感叹良多。总想写点什么，苦于没有时间与情绪，一直没有动笔。

南师轻财好义，慈悲为怀。道德文章，名满天下。嗜书成癖，藏书之富，读书之多，我辈不敢企及，但当为师为范。

在南师众多的教诲中，我最受教益的是：人生有三个基本错误不能犯，一是德薄而位尊，二是智小而谋大，三是力小而任重。

平凡如吾辈者，虽没有在“尊位”，但也有一个小小的岗位；平凡如吾辈者，虽没有作“大谋”，但也常常出点小小的主意；平凡如吾辈者，虽没有担“重任”，但也常出点小小的气力。

坐在这小小的岗位上，出小小的主意中，使小小的气力时，我们该向南师学些什么呢？

“举而之诸天下之民，谓之事业。”在活着的一生里做一件事情，对世界人类永远有功劳，永远有利益给人家，这个才叫事业，就是人生的价值。小小的岗位，小小的主意，小小的气力，首先是职业使然，谋生的必然，但如果这同时能对人类有功有劳，何乐而不为。

谋生的职业，常使人有“欲望”、有“痛苦”，而“痛苦”时常变成常态。可见，要常有一颗平常的心，并不是那么容易。

肯尼迪说过：“我唯一可靠的报酬是问心无愧，我的行为的最后裁判是历史。”只要我们的工作经得起历史的考验，对得起最广大的百姓，虽有眼前的痛苦，总也能会有些欣慰。

新的学期又开始了。今天在距离我的故乡并不远的海边，春风渐起，还有些寒意，想起了南怀瑾，突然觉得有些暖意。

（2013年2月23日）

制度的笼子去哪了

十八届三中全会全面深化改革决定提出:“坚持用制度管权管事管人,让人民监督权力,让权力在阳光下运行,是把权力关进制度笼子的根本之策。”

权力,是人民赋予的,是用来为人民服务的,不是用来为自己谋取私利的,权力必须受到制约和监督。权力得到有效的控制,是需要有制度的,制度的缺失,是权力失控的重要原因。

但我们应该看到,现实中权力制约监督体系在一些方面还存在不相适应、不够完善的地方。如权力配置还不尽科学,相互制约和协调的原则落实还不够,决策权、执行权和监督权之间还没有完全形成相互制约:权力往往过分集中于主要领导干部手中,这样既容易导致决策失误,也容易导致腐败产生;权力运行过程尚不够公开透明,对权力的监督仍不够有力。

墨子曰:“执其规矩,以度天下之方圆。”

在现今社会中,又何尝不是这样呢?出行要遵守交通规则,做生意要遵守市场规则,游戏要遵守游戏规矩。规者,正圆之器;矩者,正方之器。这就是说,“规”和“矩”是一种校正方圆的工具。有了它们,就可以规矩方圆了,后人将其引申为:必须遵守一定的行为准则,否则就会“逾矩”。规矩对我们人类而言,既是行为的准则,也是保护的准绳。如果我们按规矩办事,便会避免生活中的许多碰撞,减少生活中的许多麻烦。

“制度”通俗地说，就是规矩，对于领导干部而言，办事有办事的规矩，生活有生活的规矩，学习有学习的规矩。

面对种种负面的新闻报道，我们常常叹息，制度的笼子都去哪了？规矩的笼子都去哪了？

笼子的缺失，无非这四种情况：一是本来就没有笼子，二是笼子自己跑了，三是笼子被消失了，四是笼子太大关不住小猫。

本来就没有笼子，就是我们很多地方没有制度，没有规矩，这需要我们尽快建立制度，造好笼子，通过加强顶层设计，形成内容科学、程序严密、有效管用的制度体系。曹操说：“拨乱之政，以刑为先。”他的想法是天下大治，就加强礼义教化；天下大乱，就用严刑重典以立威，终成一番事业。

笼子自己跑了，就是有关部门不敢担当，遇事弯着走，改道走。“不负责任，不敢担当”，是官僚主义的一大表现。曾国藩在《治心经》的《诚心篇》有这么一句话：“以苟活为羞，以避事为耻。”在其位不谋其政、任其职不尽其责，当是最大耻辱。

笼子被消失了，就是少许干部漠视制度的存在，顶风违规违纪。这就要求我们，除了加强宣传教育外，充分发挥人民群众的监督作用，让权力在阳光下运行。周公在《尚书·酒诰》中提出“人无于水监，当于民监”，为政者不要用水做镜子，而是要把人民当作镜子，时时对照、检查自己，反省为政的得失。

笼子太大关不住小猫，就是制度不够完善和科学。牛栏关猫是关不住的，缝隙太大，猫可以来去自如。“牛栏”既然关不住“猫”，就需要把笼子补密扎紧，以防后患。

明王朝建立以后，百废待兴，急需立法，进行必要的整顿。为此，朱元璋陆续颁布了四篇《大诰》。《大诰》对吏治腐败、贪赃枉法的惩处，十分严厉。《大诰》的执行，更是雷厉风行，掀起了一阵又一阵的波涛，在政治方面确实收到了一定的效果。

笼子和阳光的存在不是为了将权力束之高阁，也不是为了对权力进行打压，而是让人民赋予的权力真正作用于人民，让社会更加规范，让政府更加高效，让权力在笼中真正为人民服务。

（2014 年 3 月 2 日）

临港，现代化的陷阱

我本沧海，
波澜起伏，
汹涌澎湃：
蓝天白云，
海鸥在低翔，
寻觅她们的梦想。

百川入流，
泥沙聚集，
蒹葭苍苍；
萋萋湄坻，
海鸥在低翔，
留恋曾经的海浪。

那一日，
你举旗而来，
浩浩荡荡；
轰隆轰隆，

成了我的梦魇,
不再有往日的清幽。

(2014 年 9 月 21 日)

家住自贸区

说实话，这也算是标题党。中国(上海)自由贸易试验区，试验区总面积为28.78平方公里，相当于上海市面积的二百二十六分之一，范围涵盖上海市外高桥保税区、外高桥保税物流园区、洋山保税港区和上海浦东机场综合保税区等四个海关特殊监管区域。我身在临港，站在家里只能看到弯弯的东海大桥，以及桥上长年不息的集卡车。所以，充其量，我不过是住在自贸区的家门口。

为了迎接自贸区挂牌一周年，先有领导视察与讲话，接下去是媒体一波高潮。国庆前，就有同事在微信中传播，今年“十一”黄金周，我们的临港，“海风轻轻拂面、滴水湖碧波荡漾”，美食节、啤酒节、自贸进口食品节等将一一登场。国庆节一到，又看到朋友微信：还准备去滴水湖台湾美食节的小伙伴，建议表去啦；好恐怖，地铁挤得像春运；临港地区实时路况一片红；最坑爹的还是安徽人主办的，严重怀疑连台胞证都是假的；鱿鱼卖你三倍价钱。

同事老Y晒了晒昨天战果：西班牙马奥啤酒150元一箱24瓶；瓦伦丁德国黑啤200元一箱24听；卡贝乐乌拉圭产纯牛奶100元每箱一升装12只；南非产红心柚5元一只，还有一只绿皮的，儿子从台湾美食街买的台湾大芒果噢。喜欢的哥们，来临港我做导游。同事小F花了380元，“参观”了啤酒节，晒了晒上台喝啤酒的照片。引来一片点赞。总之，好不热闹。

不过，住在自贸区的家门口，总感觉到其实我离自贸区很远很远。

六年前，刚来临港时，蓝天、白云、野鸟，宽宽的马路，疏疏的人流。庆幸，蓝天还是蓝天，白云还是白云，只是，野鸟越来越少，人却越来越多。

去年国庆前，自贸区挂牌了，洋山港口不知何时有了“中国（上海）自由贸易试验区”的红色大字，集卡还是那个集卡，房价却上了新台阶。

咱对自由贸易是一个门外汉，正在学习自贸区对于国计民生的重大战略意义。咱校没有隔壁兄弟有勇气，能很快拼装成立“自贸区研究院”。咱小时候，听说过“投机倒把”，又喜欢送货到农村的“商品交流会”。改革开放后，有了“出口创汇”，再有了“出口转内销”。到了临港后，看到最多的是“集卡”，对“集卡”又爱又恨。集卡以前叫跑运输，后“高大上”到“物流”。我同事以前搞冷库，现在研究的方面叫“冷链物流”。真叫人眼花缭乱。

不过，任何新生事物都有一个过程。有媒体称2014年深改元年，今年也是自贸区元年。你不能对一周岁的小孩提太多的要求，何况这是在深水区的改革。改革这东西是个老顽固，传统的、习惯的、既得的一段时间会占上风，你不使劲，他就来劲。

作为一个临港人，在迎接临港“大未来”的同时，我只希冀保留临港那一片蓝天白云。

（2014年10月4日）

七品芝麻官

电影《七品芝麻官》中“当官不为民做主，不如回家卖红薯”，给我们留下了深刻的记忆。当时的一县之长县令七品官，属于基层官员，县级机关人员少，俸禄低，职权小。

郡县治，则天下安。县级政权的效率和稳定影响到全国政局的稳定、经济的发展、社会的进步。

如今的一县之长是县委书记。有人说，县委书记除了外交、军事、国防这些内容没有，拥有的各种权力范围几乎跟中央职权没有区别，特别是一些地方县委书记兼任县人大主任后，一个县的干部任免、经济发展、社会事业的决策权都集中在县委书记身上了。

有记者清理出河北省成安县县委书记的权力清单：包括领导县委常委会工作，领导县人大、县政府、县政协、县人武部工作，召集、主持县委常委会、党政联席会和四套班子会议，提出全县经济发展战略，提出全县社会事业发展总体规划，提出干部调整意见，上级党委及组织部门提名推荐干部任用人选，完成上级安排的其他工作等 27 项权力。县委书记权力之大，可见一斑。

尤其是县域经济概念强化与“省管县”试点推进后，更加加大了县级层的权力，也扩大了县委书记的权力。县域经济是一个县级政权作为市场调控主体，有一个县级财政，因此，县域经济有一定的相对独立性，并有一定的能动性。从 1992 年始，浙江、海南等省份陆续推行了以“强县扩权”为主要内容的改革试点，对经济发展较快的县市进行了扩权，把地级市的经济管理权限直接下放给一些重点县。

由于权力过于集中，加上“山高皇帝远”“我的地盘我做主”，一些地方缺乏对县委书记权力的监督，县委书记权力行使过程中往往出现集中有余、民主不够的情况，导致执行民主集中制带有很大的随意性。在用人权上，初始提名权仍然掌握在书记手中。在促进当地的发展中，县委书记对于重大事项决策、重要项目安排、大额资金的使用上，书记的统筹作用明显，自由裁量权较大。这几年，县委书记用人腐败、经济腐败、作风腐败、道德腐败、生活腐败的案例也越来越多。

在县委书记的任用方面，有的地方也存在着一些问题。

一是，过于年轻化。在一些地方，干部队伍年轻化有些过头。在县级层面，县委书记 50 岁就不能干了，要退居二线，造成巨大人才浪费。许多县委书记都不到 40 岁，乡镇长就更加年轻化。笔者回某县级单位当公务员的同学说，现在组织部门干部任用政策多变，干部任用一会儿凭资历，一会儿靠年轻，一会儿公开选聘，一会儿上级提名或任命，一会儿就地提拔，一会儿空降，搞得他们基层干部没方向，过了 35 岁，如果还不是局长乡长(科级)，这辈子升职就没希望了，就干脆混日子了。

二是，年轻干部由于资历和阅历不够，过早走上领导岗位，会给工作造成很大损失。这几年，年轻干部出问题比例也不断上升。

三是，省管干部后，组织部门为了加强干部的培养，常常将省级机关的年轻干部空降到县级层面培养，没干上一任，就赶快轮岗，使培养对象有一个漂亮的履历。笔者家乡某地的县委书记，从 2005 年至今不到四年，已换了 4 个。这样的做法，把一个往往有几十万民众的县当作干部培养的“试验田”，实在弊大于利。

要解决这一问题，笔者认为，最好的药方并不是公开权力、加强监督。公开了权力，县委书记权力还是在那里；加强监督，不管是纪委还是民众民主监督，这种监督还是体外监督。最好的办法，就是让县委书记淡化决策权，变大权在握为没有权力，让民做主，而不是“为民做主”。

（2014 年 10 月 12 日）

敬畏契约精神

以前在人事部门工作时，日常工作中做得最多的是签约，招聘录用要签约、岗位职务晋升后要签约、申请各类人才计划要签约。赵普半部论语治天下，对人事工作，掌握了契约、合同、约定之规则，你搞人事工作就会省一半力。这种契约定了后，对学校（或部门）对个人都是双刃剑，也就是单位要遵守，个人也要遵守。我们常会遇到这样的情况，就职应聘时应聘者有很多承诺，进校手续办好，完成不了；晋升专业技术职务时，许下了许多考核指标，四年后完成不了；引进高端时，单位开了许多优惠条件，进校几年后还不见兑现。更为极端的例子，明明外教聘约是四年，到期了不愿走，单位竟也无计可施。

以上种种，在国内各单位，特别是事业单位，司空见惯了，大家也不足为奇。难怪在国外学习工作一段时间回国的朋友感叹，回国后，最难适应的是，制度约定的随意性。

那么，是国内缺乏契约精神吗？其实也不然。

小时候在农村时，每每村里有长者一离世，村人传论最多的是，这位老者对晚辈的"交代"，也就是我们现在的遗嘱，即家里有"外债内债"多少。我搞不清什么是"外债内债"，大概是借给某某多少钱，借了某某多少钱之类的，当然在那个时代，常常是借债为多。也就是说，作为一个即将离世的人，他最关心的，不是告诉晚辈要"好好学习天天向上"之类的，而是要记得并传承家里契约的义务！

在农村，红白喜事很多，无论亲朋好友还是左邻右舍，只要是你家办事时，对方有随礼的，必须记得清清楚楚。如果对方办事，当年曾经来过礼，他家办事时你忘了随礼，这是一个极大的失礼。

当然，随礼只是农民践行“契约精神”的一个缩影。滴水之恩，涌泉相报；村规民约，共同遵守也都是“契约精神”。

但随着现代化、城市化的不断发展，这种可贵的契约精神，常常被淡化、被遗忘。难道我们的城市文明自古以来就缺乏这种包含契约精神的城市文明吗？难道都要归罪于市场经济的祸种？以前在农村，“路不拾遗，夜不闭户”，而今城市楼房里家家户户都有防盗门、防盗窗，遍地都是高高的围墙，但我们生活得仍觉不安全。

1912 年辛亥革命后国民政府颁布了“关于清帝逊位后优待之条件”，规定退位的清帝暂住紫禁城，并保留了部分皇室的待遇。1924 年冯玉祥利用武力强行将清帝溥仪赶出了故宫。当年 11 月 5 日，也就在溥仪出宫的当天，胡适公开“抗议”，胡适说：“我是不赞成清室保存帝号的，但清室的优待乃是一种国际的信义、条约的关系。条约可以修正，可以废止，但堂堂的民国，欺人之弱，乘人之丧，以强暴行之，这真是民国史上一件最不名誉的事。”我不想对这件公案评论，然而，胡适从契约精神这个角度来“抗议”是应当可以理解的。

我们知道人与人之间与生俱来的天分和财富是不平等的，但是可以用道德和法律上的平等来替代，让在最初状态不平等的个人，在社会规范和法律权利上拥有完全的平等。人与人之间如此，一个政党、一个组织、一个团队也应是如此。承诺、义务、责任，哪怕是跨时代、跨代际、跨地区的，都是一种契约，都是我们应该敬畏的。

今天，我们要完善以宪法为核心的中国特色社会主义法律体系，加强宪法实施；深入推进依法行政，加快建设法治政府；保证公正司法，提高司法公信力；增强全民法治观念，推进法治社会建设等，必须从敬畏契约精神开始。

（2014 年 10 月 26 日）

你可以改变自己——给老万的信

老万：

你好！

在这个电话、视频、微信等十分发达的时代，再用写信的方式，看上去实在有些落伍，但我觉得用这个方式很必要，也很合适。

你前段时间一直没有告诉朋友们的事，我们也不想知道。那些事，实在是很小。生活不是诗歌，不需要高歌。生活不是大海，没有波澜壮阔。生活，不在于你拥有了别人有的一切，还有了别人没有的；生活，不在于你当了多大的官，不在于你有多少钱，当然也更不在于你有多少当官的朋友与有钱的朋友。忘记曾经有过的荣耀，或自认为的功勋。不要记忆曾经的别人给予的伤害与诋毁，更无须为昨天的忧伤而忧伤，让明天从零开始，信心比黄金更珍贵。

你是可以创造环境来改变自己的。

过去的已过去，明天还很长。所以，接下来，我还要讲几句不知道是积极的，还是消极的，也有些前后矛盾的话，因为即使在同一人身上，矛盾也是永远存在的，现在再也没有非对即错的事了：其一，永不停止给自己定一个小目标。为着这个目标的实现，你可以付出一些什么。其二，永不停止更新你的知识，尽量保持自己与这个时代同步，即使仅仅是思想上的同步。其三，结交新朋友，不忘老朋友。其四，有空的时候，你可以一个人坐着发呆，你也可以一个人到郊外去走走。你也可以尝试换一种生活的方式，那怕只改变一下作息时间。

寻思着给你写信的这段时间，元鼎学院有两个学生请我当学业导师，我是无这种资格去教导他们的，也曾想着这信可以同时抄送他们，但又顾虑对于在校大学生，这信的语调未免有些不是正能量的成分，如同多年前的年长朋友想对你说又没有说出来的一样。只是希望，随着岁月的流逝，多年以后，他们有所认同。

记得将喜悦与烦恼与我分享。

祝秋安。

（2014 年 11 月 23 日）

读书那些事儿

小阳同学：

前日谈起读书事。很惭愧我算是读书不多的那类人，实在不能有所指导，因为怕误导。

中国字内涵太丰富。读书两字可有多种表述。词汇解释可查的是，读书是指获取他人已预备好的符号、文字并加以辨认、理解、分析的过程，有时还伴随着朗读、鉴赏、记忆等行为。这些符号最常见的是语言文字，其他还有音符、密码、图表等也在此列；一般获取过程是使用眼睛观看，也包括盲人用触觉来识别凸字等其他获取方式。

对读书我们一般的理解是指：阅读书籍；诵读书籍。《礼记·文王世子》："秋学礼，执礼者诏之；冬读书，典书者诏之。"韩愈《感二鸟赋》序："读书著文，自七岁至今，凡二十二年。"

而我们还习惯上将学习称为"读书"。《明熹宗实录》卷四十二："天启三年十二月（二十七日）壬子，荫总督宣大王国桢子之仲、登莱巡抚袁可立子枢、通政使吴用先子、河南巡抚冯嘉会子映鸾、太常寺卿桂有根子高攀各入监读书。"你们如今进了大学，就是读书到大学了。

所以，读书的目的，主要是两类。一类是为升学而读书，其目标是为考试，为文凭。为此目的，你从小学到大学，也应该读了许多课本：数理化文史哲。所以，你要问，该如何读书，读哪些书，我只能告诉你，先读书包中的书吧。也许你有些无奈，也许你不愿意，但你要知道，比尔·盖茨是个案，斯蒂夫·乔布斯也是个案，韩寒也是个案。对于大多数成功人士来说，他们首先是平常人，后来才成为不平常的人。生来不平凡长成更不平凡，不是多数人成长的道路。

读书的另外一类是为自己修炼而读的书。这种学习起初应该是没有功利的，也就是，不是为升学而读，不是为某项技能而读，也不需要专为“修身齐家治国平天下”而读书。我不否认，在你过去的读书生涯中，你也许在课堂内外读了许多有用之书，但这些只是附带的收获。

当然，非功利的书读多了，将来或多或少会影响你的成长，非功利也就变成一种长远的功利了。譬如，我们学习了许多带有“白底红字”封面的文件与伟人著作，这有助于你跟上时代的步伐；我们学习了许多办事的规定与依据，这有助于你举一反三，多视角多方位地适应你将来的工作。你不知道你将来会从事什么工作，你不能保证你一辈子只从事一个职业或一个岗位的工作。以我的经验，从事某一工作，你得首先将古今中外相关文献资料认真研读一番，这肯定会花去你许多时间，但这是必需的。以上这类，也算是读书，属于功利与非功利之间的读书。

关于读书的书目。网上有“14 位知名大学校长推荐书单”、“香港中文大学推荐必读书目”等等目录，你可以去看看。当然，这只能供你参考，不必太当真，我宁愿相信这些大学校长也没有读过多少这方面的书。

关于书目，先给你讲一个故事。1923 年胡适因清华学校学生之请，开了《一个最低限度的国学书目》的清单，该清单中收录图书约 190 种，后来根据它修订精简成《实在的最低限度的书目》。后来梁启超先生看到了，他有话要说，写了：评胡适之的“一个最低限度的国学书目”，开篇便道：胡君这书目，我是不赞成的，因为他文不对题。梁启超自己也开出了清单：《国学入门书要目及其读法》。更有意思是，对梁的批评意见，胡适并没有提出反驳。他后来编辑《胡适文存》时，收入了 1923 年撰写的《一个最低限度的国学书目》，将梁的《国学入门书要目及其读法》作为此文的“附录三”。他这样做，可能含有让读者自行评判谁开的国学书目更有道理的意思，可能还含有用梁启超的书目来补充自己的书目这一层意思。这两个书目，你可以去看一下。

将来，你工作后，再也没有像大学这段时间内可以支配自己的时间了，但仍要读一些功利性与非功利性的书。功利性的书，如工作岗位需要的书，包括心理学、成功学、创业学、励志学、就职技巧之类的书。非功利的书，因你的爱好而选。我是比较喜爱诗词散文历史等方面的书的。诗言志、词言情。以铜为镜，可以正衣冠；以古为镜，可以知兴替；以人为镜，可以明得失。读史可以明鉴，知古可以鉴今。读散文，可读到作者的见解，领略优美的意境，还可享受清新隽永、质朴无华的文采，当然这些散文应该是美文。

说到美文，我建议你去看“两个半”人的作品。一个是周作人，又一个是沈从文，还有半个人是胡兰成。为什么胡兰成算“半个”？因为胡兰成算是我同乡，我对于胡兰成对家乡的回忆有认同感，而你也许就没有共鸣了。当然，因为周作人与胡兰成的历史问题，你可要“去其糟粕取其精华”。我曾在多篇博文上写过周作人与胡兰成，你有兴趣可以一阅。

可喜的是，你的家乡是湖南。从乡情乡愁乡思共鸣的角度，你可以多读沈从文，因为他是湖南凤凰县人。湖南名人，除了毛、刘、彭外，曾国藩、周敦颐、王夫之可算是湖南人杰，易中天是湖南人，黄仁宇、龙应台、琼瑶祖上也是湖南人。所以，这些老乡的一些书，你可以带着乡情来读。

好了，马上就要大考了，上海的冬天已来了，希望及时添加衣服。

祝你学习进步。

（2014 年 12 月 6 日，致元鼎学院学生信）

想起了两个人

写随笔有一大好处，用网络词汇说可以有些“任性”。这里所谓的“任性”并不是无规无矩，只是你今天想写就写一点，不必太拘于形式与内容，更无须为任务而写，你只需要将当时的感受写下来，留待日后来回忆今天的心绪。所以，如有观者，相信读者诸君不会将内容与作者的主见政见放在一起联想。就像由于地域偏好，我在小文中常提周作人与胡兰成，并不是说我对他们的品格也全部认同。

并不是所有的知识分子都可以“铁肩担道义”的，也并不是所有的知识分子都可以称得上“公共知识分子”的。

历史是一面筛子。随着时光的流失，曾经那么“有品有位”的人物，经过历史的浪淘，早已被人们所遗忘，更不用说那些“有位无品”、“无位无品”的人物。不管他们当时多么不可一世，于今，留在那里仍被人们所见得到的只是发亮的金子。

近一时期内，有两个人，一直出现在我的阅读视线内。一位是木心，另一位是杨小凯。

木心，这位 1927 年西方情人节生于乌镇的人物，在我几年前去乌镇时，还不知道他的存在。

作为学生的陈丹青说：“木心先生自身的气质、禀赋，落在任何时代都会出类拔萃。”

我第一次知道木心是在文汇读书周报张建智的一篇文章：《悼诗

人、艺术家木心：一个回归中国文化的智者》。张建智说：木心的作品，早引起我阅读的兴趣，艺术感与空间感的奇正变幻，读后总有无限的意象。其风格十分轻盈、玲珑、随意；笔尖随思维自然流转，感觉总有一幅幅的画面在你眼前流动，拂之不去；有时仿佛走在巴黎的苍穹下，却怀揣着一本古老的《诗经》；又仿佛是竹林七贤曾经流连的山水中，有人用小提琴正奏着莫扎特的一曲音乐。欧风美雨，汉唐明月，韶乐楚曲，竟如此水乳一般交融。诚如孙郁先生所评："读木心，就是湍流的冲洗，那些僵死的湖泊是不能懂得奔淌者的快慰的。"

在中国当代还有这样的"深解中国传统文化的精英和传奇人物"，我不禁嘲笑起自己的无知来。

记得早先少年时
说一句是一句
清早上火车站
长街黑暗无行人
卖豆浆的小店冒着热气
从前的日色变得慢
车，马，邮件都慢
一生只够爱一个人
从前的锁也好看
钥匙精美有样子
你锁了，人家就懂了

这是木心收录在《云雀叫了一整天》里的《从前慢》，相信大家都比较熟悉了。"大家诚诚恳恳"真是我今天想说的啊。

读木心的诗文，我自然会想到胡适、周作人、沈从文，那是我喜欢的那种。

关于木心的话题很多，留待我以后慢慢品味。

接下来，我来说第二个人物。这是一个英年早逝的人物，1948 年出生，2004 年在澳大利亚去世，享年 56 岁。

他的出现使国际社会开始重新评价华人经济学者的分量。就全球华人经济学家而言，对中国的政治变迁和经济改革有切身体验和真知灼见者，是少数；能对现代经济学做出理论性贡献或挑战现有理论体系者，是极少数；而同时具备这两者，更是凤毛麟角。

这个人，就是杨小凯教授。

我并不是研究经济的，知道杨小凯，也是看到华生的文章《我们怎样纪念杨小凯？》才去关注的。今天许多人纪念杨小凯，不仅仅是因为他在经济学理论上做出了巨大的贡献。更重要的是他的理论贡献可以被用于中国经济转型的实践。而我今天提到他，是因为他作为一位思想家对中国现实问题的深邃观点，作为一位秉承士大夫精神的海外华人对“中国向何处去”问题的孜孜求索。

今天将杨小凯与木心并提，正是源于他们的思想与对理想的追求。社会变迁最终是理念推动，而理念往往来自思想。要形成不被人们遗忘的思想，必须执着自己的理想。不忘初心，方得始终。对于芸芸众生来说，这才是今天可借鉴的理由。

（2015 年 3 月 1 日）

有关考核那点事

新的一年早已开始。春节前上班族经历的各种考核也早已烟消云散，如翻过的一页日历，没有人去翻回来再看。

夫考核者，考查核实也。汉王符在《潜夫论·实贡》说："是故选贤贡士，必考核其清素，据实而言。"《三国志·魏志·卫臻传》："考核降者，果守将诈所作也。"宋欧阳修《勉刘申》诗："有司精考核，中第为公卿。"《清史稿·选举志一》："学政考核教官，按其文行及训士勤惰，随时荐黜。"

考核有二种，对员工的考核及部门的考核。所谓员工考核是指按照一定的标准，采用科学的方法，衡量与评定员工完成岗位职责任务的能力与效果的管理方法。对部门考核，是对一个部门一年履职绩效的考核。

对员工的考核，是基于发掘与有效利用员工的能力，通过考核，对员工给予公正的评价与待遇，包括奖惩与升迁等目的。此类考核是为有利于评价、监督和促进员工的工作，有明显的激励作用；为确定员工的劳动报酬与其他待遇提供科学依据；为个人认识自我、组织进行考核，促进员工的全面发展创造条件；有利于管理者了解下属，以便进行合理的岗位调整及职务晋升。

然，众多的上班族，经过了无数次的考核，真达到此种目的了吗？

水至清则无鱼，人至察则无徒。对于知识分子集中之处，不是说可以“浑水”、可以“混日子”，但极不能像装配车间工人一样考核。但是，考核是不能少的，关键是选择何种考核方式。

任何一件事情，只要人心甘情愿，总能变得简单。考核也是如此。

要使考核指标与方式得到认可，要使考核结果得到广泛接受，真正做到心甘情愿，就要将考核内容与学校的共同愿景结合起来，与形成共识的学校发展目标结合起来，与各部门的实际工作结合起来，与每一个员工的职业发展结合起来，与员工的价值实现结合起来，通过考核弘扬先进、鼓励后进、激励优秀、寻找问题、落实整改。因此，作为考核的基础性工作，管理者要通过讨论宣传，形成学校的共同愿景，细化落实员工的职业发展规划，制订分阶段的实施计划，而这些常常是被忽视的。

治大国若烹小鲜。对于考核政策，不可朝令夕改，使员工无从适应。

每年考核后，许多被考核者对考核结果不认可，对考核提出了许多质疑。

目前考核存在的主要问题是：

一是，缺乏政策环境支持，考核管理制度不健全，目前许多考核制度是零散的，而不是系统的全面的。

二是，缺乏对岗位工作的分析，导致工作岗位职责不够清晰。这是一个源头性的问题，岗位分工、岗位职责上存在缺陷，如何对员工履职进行评价？许多管理者，为考核而考核，不屑于在源头上下功夫。

三是，缺乏科学、明确的考核指标体系，考核指标重数量轻质量，特别是从事管理工作的，有些工作是可以量化的，更多的工作是不可量化的，有些工作完成后显示度很明显，更多的工作是无法显示出来的。

四是，评价主体的确定尚缺乏科学性和可行性。由于年终工作很多，许多单位采用测评的方法，但评价主体往往随便找人，或没有经过培训，一个随意的评价却作为认定一个部门或一个员工的依据，副作用是很大的。

五是，只重视考核结果不重视考核过程，不能实现绩效考核预期目标。目前许多考核没有反馈机制，有的是无法反馈，有的是没有反馈，造成的结果是，民众不知道评为先进的单位或个人先进在什么地方，不知道自己因什么原因没有评为先进。

针对这种情况，笔者介绍一下关键绩效指标考核法，即 Key Performance Indicator (KPI)。KPI 考评首先是一种管理思想，其次是一种人才激励策略，再次是一种绩效监控手段，其科学性是靠整个绩效管理体系的科学性来支撑的，而不是靠算分运动"算"出来的。KPI 考核能引导员工的注意力方向，将员工的精力从无关紧要的琐事中解脱出来，从而更加关注学校整体业绩指标、部门重要工作领域及个人关键工作任务。KPI 考核可以有效地节省考核成本，减少主观考核的盲目性，缩减模糊考核的推敲时间；KPI 考核能够快速找到问题的症结所在，不至于被过多的旁枝末节所缠绕。

针对大学管理部门的考核，笔者认为，在考核内容中，应该侧重于以下四个方面：一是完成学校对部门单位提出的年度工作任务或目标情况的考核，包括牵头、配合的重点工作，这是职能部门的重要任务；二是完成本部门履行本职工作情况的考核，包括工作思路及工作重点、工作改革创新情况、工作完成及业绩情况等，这是职能部门的基本任务；三是对基本建设与日常运行规范方面的考核，如工作制度的建立、规章制度的完善与及时修订、员工能力提升与学习培训开展情况、劳动纪律及整体协作方面的考核等，这是职能部门的常规任务；四是满意度的测评，也是检验管理部门作风建设、服务能力及工作实绩的一个评价方面。

在考核形式上，要采用客观评价与主观评价相结合的方式，注重年终考核与日常检查相结合。评价主体的选择上，除了其公正性的要求外，一定要选择对被评价对象有发言权的评价者，防止凭印象、凭与个人有利益关联者参加测评，一定要防止评价主体从测评结果中有利益可图(不管是什么方面的利益)。

(2015 年 3 月 15 日)

让我们记住这样的海大人

今天收到冷教授转来的消息，在“中国水产营养与饲料三十年十大奠基人物”的颁奖典礼上，我校王道尊教授光荣入选，位列第三。

颁奖词是这样的：青鱼是我国四大家鱼之首，可是直到80年代，国内尚未对青鱼营养需求和饲料进行过专门研究。毕业于上海水产学院的王道尊教授从80年代初开始研究青鱼营养需求及饲料配方技术，逐步改变了青鱼养殖依靠投喂螺蛳的养殖模式，推动了青鱼养殖规模化发展。此外，王教授还对草鱼、鲫鱼等华东地区的淡水养殖鱼类营养需求和养殖做过专门研究，并作为副主编参与编写了全国高等农业院校通用教材——《水产动物营养和饲料学》，为水产专业人才的培养奠定了基础。

“今天，是中国水产营养与饲料界的当代人向前辈们集体追忆致敬的日子!”在颁奖典礼上，评委团主席麦康森院士满怀激动的一句话道出业界的心声。

其实，王道尊教授的贡献远非这些。

十多年前，随潘校长第一次出差，是去参加王先生在广东中山举行的国际水产营养与饲料大会。到了会场，才知道王先生在业界的大师级地位。

水产在农业中不是大学科，关于水产的营养与饲料学科，虽然它的背后是一个巨大的产业，但由于专业性强，除了业界很少有人去关注。王先生退休多年，今年正好 80 大寿。这几年来，由于健康原因，他很少参加学校的一些活动，即使我曾兼退管办主任十多年，也很少见到他。他也渐渐被如今年轻的海大人淡忘。如果没有这次评选活动，估计王先生也不会被人们提起。

写到这里，我还要提一句，获得此奖的还有一位崔奕波教授。1987 年从英国威尔士大学博士毕业后，25 岁的崔奕波率先在国际上系统地开展了鱼类比较能量学和营养能量学研究工作。他的研究揭示了鱼类生长差异的能量学机制，将鱼类生物能量学模型与营养学结合了起来，成功地将生物能量学模型应用于淡水生态学研究，阐明了湖泊鱼类与饵料生物之间的动态定量关系，提出了我国淡水湖泊环境友好型渔业管理的新思路。2000 年，年仅 38 岁的崔奕波长期积劳成疾于 12 月 30 日永远离开了我们。记得浙江大学的王岩教授多次与我谈到崔奕波教授，每次都充满崇敬与遗憾。

历史是一面筛子，随时都在摇动。许多人与事，都在历史的筛眼里滑落。

但是，只要真正为百姓作出过杰出贡献的人物，是不会被遗忘的。王道尊教授就是这样的人物，海大还有许多这样的人物，让我们记住他们。在此，衷心祝他健康长寿。

（2015 年 3 月 22 日）

起风了

起风了
那一朵朵排好着队的云
正在飘来
带着没有善意的微笑
如幽灵般的得志

忽地
遮住了阳光

天色越来越暗
不见了光明

苍穹之下
一个人影独坐木椅
面向湖面
初生的莲叶在风中抖动
梦着莲花的绽放

（2015 年 4 月 12 日）

走过

那一个清晨
我走过
你的身边

我听见
你的呼吸
你的心跳

你好像
还在梦乡
梦着梦的故事

我故意
加重了我的脚步
我是希望
你能留意
我的走过

但你却

依然做着你的梦
梦着梦的故事
不顾一个焦急的过客

（2015 年 4 月 13 日）

张爱玲的“出名要趁早”与“大器晚成”胡兰成

张爱玲作为中国现代文学史上的一位杰出作家，不仅仅属于现代文学史，在整个中国文学史上她也会占据一个稳定的位置。

说张爱玲是中国文学史上的一个“异数”当不为过。

说张爱玲有才气，其实胡兰成的才气更高。

才子散文，胡兰成堪称翘楚。

1944年，24岁的张爱玲在《传奇》再版的时候写到的这些话，她“得意忘形”了一下，显示了小女孩的本色，透露了些自己的小心思、小心声。请看：“以前我一直这样想着：等我书出版了，我要走到每一个报摊上去看看……我要问报贩，装出不相干的样子：‘销路还好吗？——太贵了，这么贵，真还有人买吗？’”紧接着，张爱玲写道：“呵，出名要趁早呀！来得太晚的话，快乐也不那么痛快。”接着她还写到自己以前在校刊发表文章时，会发疯似地一遍遍看，而现在就没那么兴奋了。

1932年，12岁张爱玲首次发表短篇小说《不幸的她》于圣玛利亚校刊。1933年，13岁张爱玲在圣玛利亚发表第一篇散文《迟暮》。16岁那年，张爱玲在《凤藻》上发表散文《秋雨》。17岁那年，张爱玲在圣玛利亚校刊《国光》半月刊发表小说《牛》《霸王别姬》及评张若谨小说《若馨评》。

1942年夏,22岁开始了写作生涯,在《泰晤士报》上写影评和剧评。在英文《二十世纪》月刊发表《中国人的生活与服装》《中国人的宗教》《洋人看戏及其他》等散文和其他五六篇影评。1943年,23岁的张爱玲认识了当时月刊《紫罗兰》的主编、作家周瘦鹃。五月,张爱玲在该刊物上发表小说《沉香屑·第一炉香》,该篇文章使张爱玲在上海文坛一炮打响,崭露头角。六月,张爱玲发表续作《沉香屑·第二炉香》。7月,张爱玲认识了评论家柯灵。此后张爱玲在《杂志》《万象》《古今》等刊物发表《茉莉香片》《到底是上海人》《心经》《倾城之恋》等一系列小说、散文。

1944年1月,24岁的张爱玲在《万象》刊登长篇小说《连环套》,共登六期,7月自动腰斩。2月,在《天地》刊出散文《烬余录》。后发表《花凋》《谈女人》《红玫瑰与白玫瑰》等一系列小说、散文。5月,傅雷以讯雨为笔名发表评论性文章《论张爱玲的小说》,对张爱玲的《金锁记》大加赞扬,而对其他小说采取批评态度,特别是《连环套》。9月,张爱玲的小说集《传奇》由《杂志》出版,四天后即再版。张爱玲也因此在上海文坛大放异彩。

张爱玲于1943年年底认识胡兰成,1944年8月与胡兰成结婚。当时张24岁,胡38岁。

那时张爱玲已在上海文坛"大放异彩",胡兰成只是生活在社会底层,"赤手空拳拼天下"的文人,但已在汪伪政府中任职,此时正在南京养病。胡是以张文《封锁》读者身份去见张爱玲的。第一次见面两人一谈就是五个小时,"因为相知,所以懂得"。

此后,张爱玲的评价是:见了他,她变得很低很低,低到尘埃里。但她心里是欢喜的,从尘埃里开出花来。

而其时,胡兰成的表态是:愿使岁月静好,现世安稳。回想,1944年8月的时代背景,胡应该明白自己当时的处境,应该明白自己的责任感。现在想来,凭胡的任职,我更能想象这句话更像是一位父辈对子女的或欺骗或安慰的话语。

胡兰成时年写过一些散文与评论,这些文字也终使他名列"落水文人”。1954 年,《山河岁月》出版时,他已 48 岁。1959 年《今生今世》全书完成时胡兰成已 53 岁。1979 年,73 岁时《禅是一枝花》《中国礼乐》出版。1980 年,74 岁时《中国文学史话》出版。1982 年,胡兰成去世后一年《今日何日兮》出版。1991 年《胡兰成全集》出版。

《山河岁月》成书于 20 世纪 50 年代,是胡兰成最具代表性的一部著作。本书将东西方文化进行纵横比照,从两河流域到希腊罗马,从三皇五帝到辛亥五四,从精神到食色,从住房到穿衣,传神地勾勒出中国文明和世界文明发展的发肤体貌。胡氏的不少观点,发前人所未发,自成完备体系。他对中国文明先进性的认识是此书的重要观点。胡兰成说,“此著是我的思想与文章之始,其中的发想已树立了我一生学问的体系”。胡兰成非儒非道亦非佛,但笔法流利,顿悟成趣,百味回甘,往往看似随手拈来,却辄出奇见。胡兰成自己说:我写此书有一种凄凉,一种欢喜,前人说身与货孰亲,我是现在才文章与身相亲。

《今生今世》文笔轻灵圆润,用字遣词别具韵味,形容词下得尤为脱俗。胡兰成于中国文字,锻炼极见功夫,句法开阖吞吐,转折回旋,都轻松自如游刃有余,一点不费力气,“清嘉”而又“婉媚”。一个男人,用他清艳婉转的笔触,缓缓回忆自己漫长的一生。从故乡的记忆开始,那是一个桃花烂漫的江南小镇,有青青陌上桑,有热闹的戏文,有过年时节的繁花似锦,有旧时婚嫁的绵绵情意。然而一旦离开,终其一生,游子再未返乡。

《禅是一枝花》是胡兰成 20 世纪七十年代后期在台湾居留期间对禅宗第一奇书《碧岩录》中一百则公案的逐一解明。八百多年来,中国的文学家和思想家们一直都想解明宋代《碧岩录》,直到胡兰成,才做成了这番事业。此书对于中国禅宗思想的理解,有着巨大的作用。可被视为中国禅学的一件大事

《中国文学史话》充分体现了胡兰成对中国文化和中国文学的透彻理解,其贬抑西方文学,尊崇中国文化的思想,不管是在当时还是现在,都有着别开生面的意义。此书还可被视为胡兰成一生文化思想体系的一次基本展示。书中思想影响了当时台湾一大批新锐作家。

从《山河岁月》到《中国文学史话》，才真正奠定了胡兰成的文学成就，所以，从文学成就上来说，胡兰成是“大器晚成”，相对于张爱玲的“出名要趁早”（他们的文学也只是在20世纪40年代有交麻，如同他们的爱情一样，如昙花一现），胡兰成终留下了许多无奈。

最后，用胡兰成这段文字来结束我今天的文字吧：

梦醒来，我身在忘川，立在属于我的那块三生石旁，三生石上只有爱玲的名字，可是我看不到爱玲你在哪儿，原是今生今世已惘然，山河岁月空惆怅，而我，终将是要等着你的。

（2016年2月6日）

或称"胡说"的胡兰成研究

学生时代语文课中的文章是选编的，入选的作者与文章都是层层审定的。也许是身在绍兴的缘故，对于入选课本的绍兴作者与文章都印象深刻，除了大家共知的鲁迅等诸篇文字外，还有如王羲之的《兰亭集序》、陆游的《钗头凤》。后来年长了，才知道关于绍兴与绍兴人，还有很多的文字值得大家去看，如王充、谢灵运、贺知章、张岱、王守仁、黄宗羲、蔡元培、柯灵等等，当然还有二位你必须去了解，他们就是周作人与胡兰成。

要想对某一个人或某一作品进行深入研究，除了对原作与原著研读外，还有一门专门研究的学科，如红学、如鲁迅研究。鲁迅研究早在五四时期，周作人曾认真讨论过，后来有钱理群《心灵的探寻》、汪晖《反抗绝望——鲁迅及其文学世界》《死火重温》、郜元宝《鲁迅六讲》、王乾坤《鲁迅的生命哲学》《由中间寻找无限》、孙玉石《野草研究》《现实的与哲学的》等；日本学者竹内好《鲁迅》、伊藤虎丸《鲁迅与日本人》、木山英雄《文学复古与文学革命》等；美国学者李欧梵《铁屋中的呐喊》、林毓生《中国意识的危机》、丸山升《鲁迅・革命・历史》、丸山常喜《"人"与"鬼"的纠葛》，各地还有鲁迅研究学会。所谓红学，即研究《红楼梦》的学问，横跨文学、哲学、史学、经济学、心理学、中医药学等多个学科。五四前后，王国维、胡适、俞平伯等人引进西方现代学术范式研究《红楼梦》。红学作为一门严肃学问堂而皇之步入学术之林，被称为新红学，与甲骨学、敦煌学并称20世纪三大显学。后来张爱玲也写过《红楼梦魇》，并为之倾注了十余年心血。

周作人是"五四"新文化运动有影响的代表人物之一，他的贡献一在小品文，一在翻译。但由于他是一个有争议的人物，尤其是他出任伪职的经历，更使周作人研究不如红学与鲁学（鲁迅研究）一样红火，但研究作品也多不可数，舒芜、钱理群、止庵、倪墨炎、张铁荣、黄开发等作过很大的努力。1936年元月，胡适在复周作人的一封信中，对周的文章，说了这样几句："吾兄自己也是有心人，时时发'谆谆之言'，但胸襟平和，无紧张之气象，故读者但觉其淡远，不觉其为'谆谆之言'。此是涵养功深，不易学到。"

在现代文学史上，胡兰成确是一个异数。

我虽为嵊州三界人，初识胡兰成还是2005年以后的事了。2009年写了《胡兰成这个同乡》，2010年写过《论周作人与胡兰成的绍兴故乡情》，2014年才去了胡村。在《始宁文化的基因》、2016年在《社戏是一种乡愁》中都提到了胡兰成。我对于胡兰成的念想，无关景象、无关境界、无关文学，只关乎乡愁。

其实，我对胡兰成的书读得很少。

有相当一段时间，我只有《今生今世》《中国文学史话》《禅是一枝花》这三本书。

今夏，才收集到了《山河岁月》《心经随喜》《华学科学与哲学》《今日何日兮》《中国的礼乐风景》，还有《无所归止》与《闲愁万种》。尚不知老胡在《文明皇后》《西江上》《战难，和亦不易》《建国新书》《经书新语》《寄日本人》《自然学》《天人之际》中写了什么。但初翻今夏新增的几本书，总觉不及我先前的三本经典。

胡兰成文字的妖，妖在眉眼带笑，三分含情，七分冷淡，透着骄矜之气。

他是这世界的看客，带着禅机。"世事虽干戈，吾心仍礼乐"。他非儒、非道、非佛，然又亦儒、亦道、亦佛。

2004年胡著在大陆甫出版，刘铮、张远山等人作了点评，唐君毅、余光中、陈子善、柏桦、康正果、王德威、江弱水、止庵都有评论。

关于"胡粉"，除了胡兰成的仙枝外，应首推荐台湾的朱天文、朱天心。这三人尽其力在推崇胡兰成。

薛仁明先生说：胡（兰成）对整个中国文明的掌握，我觉得是当代第一，无人能及。他言说的方式和其他人不一样，其他人是受了西方的影响，比较概念式的。胡呢，他很具体地谈一件事情，然后突然从这件事演绎出几个中国文明的原则。一前一后明明有直接的关系，但很多人读不出来，觉得他是在闲扯。其实他前面一大段是铺陈，最后演绎出一个理论来。这是传统中国文章的写法。最好的例子就是庄子，按照现代的看法，《庄子》很散漫，这边拉一根，那边扯一根，可你仔细读，里面有一个脉络。《论语》看起来每一句话也都是孤立的不相干的，其中也有一条线索清清楚楚。

今夏因收集胡兰成著作，另"认识"了"小北"这个同乡。"小北"，本名朱永锋，绍兴新昌人。他在博客的简介中这样表达自己：写作为辅，编书为辅中之辅，读书为当务之急，像个诗人一样活着。就是这样一位85后的小北，追随胡兰成，"深情"地翻译了胡兰成的《心经随喜》《寄日本人》《毛泽东论》。小北有诗云："在时代波浪里闲情起赋，铺陈蔓延，谱作礼乐治世之理，吹动中华文明复兴。"小北有谦辞：此生能够拜读胡兰成先生文章，吾何其有幸，本人才疏学浅无以为报，想把胡先生的书尽最大努力翻译出来，以待更多有心人。然则我不是胡兰成研究者，也不是胡兰成专家，此生永远不会是胡兰成专家。幽兰空谷，道阻且长。不存口舌之争。但在学问上求知己。小子勉之。小北自识。只凭这份执着，作为同乡人，我深为敬佩。

一片山河，一段年华；一行文字，一隅桃源；一念浅喜，一世情缘。江山应有思。文明与文化本难区分，时间是筛子，如果最后能留存的，自有其留存的道理。

读史宜夏，因其时久也。我对于五千年的文明，只是一介文盲；对于五千年的文化，只是一名看客。

胡兰成生于1906年，今年为其110周年诞辰。其漫漫历史长河中,110 年只是短暂的一段。对于胡兰成的研究,还称不上“胡学”,胡的文字只可归为“胡说”。然有“小北”等这样的后人,正努力延续着“胡说”,以便让时间的筛子自去评说,甚幸。

(2016 年 8 月 4 日)

闲话“士”

同事马博士送来了他翻译的《统治史》。原作者是作为西方政治学领军人物的塞缪尔·E.芬纳，三卷本《统治史》是20世纪西方政治学的传世巨著。对于此书，甘阳认为：一部《资治通鉴》式的政治史。张维为：本书揭示了代议制民主成为当代政治神话的偶然性，也指出中国传统政治文明对人类社会的巨大贡献。汪晖：鉴前世政体之兴衰，考当今统治之得失。刘军宁：《统治史》是亚里士多德的《政治学》以来我首次读到如此详细研究古今中外政体的书。赵鼎新：《经济学家》杂志说如果政治学有诺贝尔奖的话，芬纳的三部曲就肯定会赢得此殊荣。我个人认为这一评价仍然低估了芬纳的卓越工作。

该书第一卷第五章“华夏国家的形成”中“孔子与儒家学说”说，(孔子)是一个典型的“士”，即一个没落贵族的后裔。文中讲到：顾立雅将其(孔子)描绘成知识渊博的仁慈者。孔子访问过的宫廷把他当作老谋深算的阴谋家，一个不要实际又毫无希望的传统主义者。

这给我们提供了一个研究“士”的新的视角。

这里有几个概念必须区分一下，即士、士大夫、知识分子。

所谓“士”，上古掌刑狱之官。商、西周、春秋为贵族阶层，多为卿大夫的家臣。春秋末年以后，逐渐成为统治阶级中知识分子的统称。战国时的“士”，有著书立说的学士，有为知己者死的勇士，有懂阴阳历算的方士，有为人出谋划策的策士等。如荆轲为燕太子丹刺秦王、冯谖客孟尝君、苏秦连横等。

无论在春秋以前或战国，大夫都指有一定官职和爵位的人，社会地位比士高。为什么从战国开始，士常常冠在大夫之前呢？这是随着官僚制度的兴起，士大显身手的结果。一些出身士的人，靠着自己的才能，平步青云，出现了一批布衣卿相。另一方面，战国时期的大夫与春秋时期也不大一样。春秋时期的大夫，大部分是靠宗亲分封而来的，并且是世袭的。战国时期的大夫正演变为官僚体系中的一个职位和爵位，大夫中多数不再是靠宗亲分封，一般的也不再世袭，它们中的多数是由士升上来的。

胡兰成在《山河岁月》中说，士从五四运动成了新的知识分子，但亦仍是天下士，五四时代的青年只做诗人，因诗人是不为职业的，也希望能当大学教授，因教授的高尚不可拿它来与职业联想。胡又说：士是生于中国文明的政治，所谓士志于道，即是志于治道。中国政治有治术，有治道，向来是治术在民间，唯治道在朝廷，故为政可以简静。周制的王官，许多是民官，不可以为大夫，大夫必以士，若加以分别，则大夫才是官，而民官则是吏。胡兰成在他的《中国文学的作者》一文中，他把历史上中国文学的作者分为两大类，且比较之：一类是民，另一类就是士。两汉的文章，唐诗与宋词，作者是士；而历代的民谣、童谣、平话、说书，作者是民。此两者，都是中国文学的重要组成。

所谓“士大夫”，孟森先生以为：士大夫者，以自然人为国负责。行事有权，败事有罪，无神圣之保障，为诛殛所可加者也。阎步克先生《士大夫政治演生史稿》中讲到，帝制中国的官僚政治由拥有人文教养的儒生文士承担，“文人”和“官僚”一身二任，由此塑造出了一种“士大夫政治”。这是中国传统政治体制的独特性的一个重要体现。《士大夫政治演生史稿》探讨“士大夫政治”的演生过程和这种政治文化模式的特点、机制。阎步克先生采用结构性视角，把士大夫的最初形态追溯到周代的“士”与“大夫”，战国以来他们分化为“学士”和“文吏”两个群体，汉代又发生了儒生与文吏的合流、儒家与法家的合流，由此初步奠定了帝制中国“士大夫政治”的基础。士大夫不是那种作为君主之权力工具的单纯的官僚，他们横亘于君主与庶民之间，维系着相对独立的“道统”，并构成了以独特机制约束政统的分力。

所谓“知识分子”，这是近代新的概念，一般是指受过专门训练，掌握专门知识，以知识为谋生手段，以脑力劳动为职业的群体。知识分子是“士”的现代延续，但“知识分子”是一种泛指。无数的知识分子，即使包括诗圣、词圣、史圣、书圣、画圣，也许他们之中曾有人对“修身齐家治国平天下”的向往，但从本质上他们仍不能称为“士”。

知识分子中的“士”，即知识分子群众中有如孟子称的有“浩然之气”“至大至刚”的一类。孔子曰“士尚志”，意为有心的士就是“志向”，为士提供了一个方向。儒家对“士”的诠释还将士与道结合，把责任观念加在士的身上。荀子有一句话非常重要，“士从道不从君”，士要跟随道的规范，而不是不遵从君主的意义。

孟子言：“我知言，我善养吾浩然之气。”孟子认为通过学习和修养可以培养出一种以“至大至刚”为特点的浩然正气，并以这种精神力量为基础，才可以体现出非凡的独立人格。在孟子看来，浩然之气体现出两种精神：一是追求正义事业，如治国平天下“舍我其谁”的精神；二是面对丑恶现象等，有一种正义凛然的大无畏精神。

然，知识分子可以堕落，可以堕落成缺失终极关怀，可以摇摆道义立场，可以泯灭社会良知，可以淡漠忏悔意识，他们之中有的是马屁精、有的是告密者、有的是小官僚。故有人称：官僚的腐败可以误一个党派，一个朝代，知识分子的败坏可以连带整个文化、思想、道德。

“士”当“以出世之心，行入世之事”。所以，“士”的责任感、乐于助人、不流俗、不盲从的品格更为难能可贵。

要人为地划分知识分子与士，自然会引来是非争论，如胡兰成本人能否归入“士”就是一个“课题”，因为有人说他是“归不了档的人”。虽然我个人认为，他比周作人更具“士”的要素。

按胡兰成的“不为职业的”分类，建安七子可以为“士”，但他们光有“出世之心”，为出世而出世，我认为不能称为“士”。“士”可以为官，“学而优则仕”，变成“士大夫”之“士”，如王安石、辛弃疾、范仲淹、方孝孺、张居正、王阳明、曾国藩等。“士”可以终身为“士”，如朱熹、金圣叹、梁启超、梁漱溟、黄仁宇等。

“士”须有独立之人格，自由之思想。他们能够自由地思考问题，不忘初心，坚守自我，胸怀天下，以天下为己任。

冰心说过这样一句话：“中国现代不缺少知识分子，缺少的是士。”不为物役，不假外求，向心用力，以士的高度的价值自觉，接续中华优秀文化自信，这正是我们这个时代所需要的。

（2016 年 8 月 10 日）

万千世界

近来上海、杭州及整个长三角都蓝天白云，有好事者将上海的蓝天白云照片放其朋友圈。有朋友感叹是“G20 蓝”，与北京“APEC 蓝”一样，说上海人民要感谢浙江人民。不料，浙江朋友提出反问，难道平时上海没有蓝天白云要怨浙江吗？这真是令人惊叹的思维，怪不得以前上海人到杭城不敢说自己是上海人，这几年上海人“海纳百川，有容乃大”，努力做到“上海是全国人民的上海”，但好像还是“革命尚未成功，同志仍需努力”。这是地域万千。

浙东一村落，改革开放后，村里规划整治，村貌焕然一新，游子回乡欣然“点赞”。不料，有村民提出异议。这是视角万千。

夏日炎炎，这个城市环卫工人等坚守岗位，媒体“点赞”。不料，另有市民说，这是他们的本职工作，不以为然。这是职业万千。

齐宣王对孟子说“寡人好勇、寡人好货、寡人好色”。这是喜好万千。

最近有一个祖籍北京的女孩，在美选美成冠军，可国人左看右看，实在不能苟同。这叫审美万千。

黄仁宇在《关系》这篇文章中说，关系有“私人关系、家族关系、利害关系、性关系、金钱关系、外交关系、乡土关系、人身关系、多重关系、双边关系、直接关系、微妙的关系、紧张的关系”。这叫关系万千。

孟子倡性善，荀子言性恶，王充则主张有善有恶。儒家讲入世，佛家讲出世，道家讲无为；儒家倡进取，道家崇规律，佛家尚奉献；儒家治世，道家治身，佛家治心。这是世界观万千。

禅的最高境地无声，音乐的最高境地是无词，爱的最高境地是无言，生活的最高境地是理解，朋友的最高境地是挂念。这是境地万千。

可见万千世界，精彩万分。

我今看那天地日月，恒静无言；青山长河，世代绵延；晨钟暮鼓，风花雪月；一池莲荷，一隅桃源；一场旅行，一晃而过。

《红楼梦》问世间情为何物？《三国演义》问人类到底争个什么？

我们已走得太远，以至忘记为何出发。不要去渴望那些无望的东西，珍惜我们现在拥有的一切。

这世上本无事，唯随遇而安，各自安好。

（2016 年 8 月 12 日）

“我在上海包田”

近日接到乡亲来电，希望我这个“知识分子”为他们评评理，还要我推荐律师打官司，原因是在上海郊区包田，在田上种了葡萄，投了许多钱，现遇到当地征地拆迁，为赔偿无法调解，只好上法院。

这不是我第一次接到这样的电话了。

我的家乡虽也属鱼米之乡，但毕竟人多地少，加上本地乡镇企业也不多，所以早在二十多年前就盛行到外地包田。去外地包田有几个好处：一是包田虽累但不像建筑工地打工辛苦，浙江乡亲天生勤劳，起早摸黑都可到农田劳作；二是包田可以举家前往，到目的地农村借个旧房，全家即可入住，夫妻可以共同劳动，小孩也可借读（但不能参加高考）；三是浙江乡亲也有一定经济基础，可以稍作投入，这比其他地区的农民有资金优势，少了些竞争对手。

“我在上海包田”，这句话曾经是我的乡亲们每年过年回家最“自傲”的一句话。辛苦一年，到年底回乡，称不上“衣锦还乡”，总能带些“现钞”回去，比在家乡干农活强多了。一年年过去，这些包田户日积月累，在老家翻修了房子，有的还在县城甚至上海郊区买了房子，小日子过得不错。

按理说，现在政府对农业十分重视，免了农业税，还有各种补贴，粮食还有收购保护价。万一有动迁，也应该有合理补偿，为什么还要评理，还要打官司？

“以前在上海郊区，只要与村书记搞好关系，能承包几十亩地种种。”

“每亩承包费要600元，包100亩，一年得交6万元，亏本了。想不干回家了，但回家还能干什么呢？”

“现在到上海包田，我们外地人不能直接承包了，都是当地人承包了，再二手转我们种，所以各种补贴都到不了我们手里了。”

“哪有什么收购保护价，今年小麦收购价低到三毛七分钱一斤，成本都不够啊。”

我的乡亲们不断向我诉说。

“种水稻收成小，我就用十来年存的钱，投资建了葡萄田，刚有收成，村里田被开发征用了，一分钱也不赔给我。”乡亲向我央求。

我问：“你们当初没有协议吗？”

“口头说好了可以种（承包）10年以上的，没有协议的，没想到这么快就征用了。”乡亲有些无奈。

“适当的补偿总归有吧？”我有些同情。

“他们说，没有补偿的。”乡亲回答。

我知道这样的官司很难打赢，我也知道，或许村里或村干部或本地名义上的“承包户”可能会有补偿的。

我的乡亲到上海“包田”始于20世纪80年代。上海郊区农民由于进城就业或在集体工厂里工作机会多，靠农田“挣钱”“又苦又累”，很早就将农田交村里或村民小组统一管理了，所以我的乡亲最初是与村长或村民小组长签“承包”协议的。租金最早每亩200元上下，到现在已涨到1000—1200元每亩，如果是种植经济作物，承包费每亩可高达2 000元。当初在20世纪90年代，只要能承包到田地，承包户肯定能有不少净收入的。近年来，由于乡镇企业的不景气，加上政府对农业补贴的增多，郊区村社觉得农田“有利可图”，纷纷收回田地，有的变成了商品房基地，有的统一变成大棚蔬菜基地，有的种粮田地也改由本地农民签协议承包，我的乡亲们最多只能作为“二手”承包户或“雇用工”了。

“三农”（农业、农民、农村）问题是一个老话题，因为“三农”研究也产生了许多“专家”，但一直没有万能的良方。是的，目前中国的农业生产在很大程度上仍然依靠传统的模式进行耕种，进行科学化种植有限，未能达到产业化、规模化的效果，从而增加了劳动成本，未能形成竞争力。农业是可以产业化，农业科技可以推广应用，部分农民可以进城，但要知道，多数的农民文化程度低，不能适应工厂的要求，他们的就业如何办，广大的农村如何繁荣与建设？有农村经历的“新城里人”都有同感，当年的村级小学早已人去楼空，农村“空壳化”现象日益严重，平日里农村只有“留守”的老人与小孩，有些地区治安都成了问题，更不用谈乡村文化生活了。

更为重要的是，乡村是中国传统文化的传承地，没有了美丽的乡村，中国传统文化则飘浮无根。

今日再翻看梁漱溟先生 1937 年《乡村建设理论》，添了许多感叹。梁先生认为：“故我以为中国问题的内涵虽包括有政治问题、经济问题，而实则是一个文化问题。”之所以从农村着手，则因为“中国原来是不像国家的国家，没有政治的政治，国家权力是收起来不用的，政治是消极无为”。所以中国建设不能走自上而下的路，只能从下面做起，从社会运动做起，最直接的则是从乡村建设开始。

日本江户时代最重要的儒学思想学荻生徂徕曾说过，定居在故乡，附近有亲戚，到处都是从小到大的朋友。村民和睦相处，风气自然改善，恶人远离人群。当所有人都忙于生计时，人心回到踏实的状态，一切恶行由此消失殆尽。

采菊东篱下，悠然见南山。

千里莺啼绿映红，水村山郭酒旗风。

这些，都是我曾经的“乡村田园”情怀。

我虽称不上“知识分子”，但终还算在“知识分子”的周围，如今面对乡村兄弟的诉说束手无策，不免有些遗憾。

（2016 年 10 月 15 日）

第三篇

读史有感

由同事赠书想到的

身在高校，也许同事们知道我喜欢藏书，每每有专著出版，常会送一本给我。这些书中，多数还是海洋水产食品类的专著。随着学校学科专业的拓展，也常有一些青年学者将人文类专著送给我，这常令我欣喜，因为这其中不乏很有深度的力作，如陈博士的《学理反思与策略重构》（上海译文出版社），如曾博士的《哲学与政治之间：卢梭政治学研究》（上海社会科学院出版社），如马老师的译著《我们为什么不说话》（华东师范大学出版社）。

4 月 24 日上午，我正在办公室“处理公务”，进来一位头戴时尚帽子、背着学生双肩包的“帅哥”——我校英语系的朱博士。他说：要送一本书给你，来了几次没见到（我后来发现他的赠书签名是 3 月 18 日）。我在抱歉声中接过这一本装帧简朴的《美国东方主义的“中国话语”——赛珍珠中美跨国书写研究》（复旦大学出版社，2012 年 8 月），马上翻到序言，乃是署名杨乃乔的“美国东方主义的中国话语与中国学者的后殖民文化研究”。

说实话，凭我粗浅的视野，当时还不知道杨乃乔是何许人也。但翻了 18 页的序言，马上想起了蒋百里与梁启超的作序轶闻，说与朱博士分享。

1918 年，梁启超同蒋百里同游欧洲之后，蒋百里写了一本名为《欧洲文艺复兴时代史》的小书。成书后，蒋百里请梁启超为此书作序。

梁启超马上下笔写了起来，但下笔之后却越写越多。“序”写完，蒋百里看后感到比自己写的“书”还长，实在无法当“序”用。于是，只好由梁启超题写了书名，叫做《清代学术概论》，单行出版。不仅如此，梁启超还“倒打一耙”，反过来请蒋百里为他的这本“书”作“序”，蒋百里只得“遵命而写”。后来，梁启超又进而把这本书扩充到二十五万字之多，书名改为《中国近三百年学术史》出版。这真可谓是一篇亘古未见的长“序”了。

杨乃乔教授在序言中这样写道：他们在人格气质及生存经历两个面向却获有不可多得的品质。他们质朴、诚实、自强、坚韧、懂礼貌、吃苦耐劳，并且他们更懂得珍惜机会——来自苏北农村的朱骅就是这样一位青年学者。

我其实与杨乃乔先生更有同感，在仍处于“将论文写在祖国的江河湖泊”上的技术至上的海洋大学的学术空气中，像朱博士这样在4月份还戴着时尚帽子，坚守“中国语话”研究学术理想的年轻人，不说是另类，至少也是不入流的。虽然朱博士在学生中有许多“粉丝”。

杨教授说，现在的“人文”不再是20世纪80年代那样“众声喧哗而显得过度灿烂”。我相信，朱博士应该是寂寞的。

上午的见面，朱博士见我办公室过分“喧哗”而告退。而就在他走后，我突然有一个念头，那就是，今天晚上应该写一点什么。因为，刚好昨天是世界阅读日。

据统计，2012年中国十八岁到七十周岁的国民人均阅读数量仅为4.39本(包括电子书与教科书)，以色列人平均一年读64本纸书，韩国是11本，日本是8.45本，美国是7本。中国的成年人，十八岁以上的成年人，读书的数量实在是少得可怜的。

培根说过：阅读使人充实；会谈使人敏捷；写作与笔记使人精确。史鉴使人明智；诗歌使人巧慧；数学使人精细；博物使人深沉；伦理使人庄重；逻辑与修辞使人善辩。而在这其中，阅读是基础。如果没有基础，就无从谈敏捷与深沉了。

然而，我们今天还有多少人还在“读书”？

当赚钱成为检验真理的唯一标准，当金钱成为社会评价的唯一尺度，读书也变成了“低俗”，特别是那些与职称、与学位、与官位无关的“读书”。

寄理想之追求，标高寒于远境。凤凰网评论专栏作家潘采夫说：我喜欢所有跟梦想死磕的人，——只要付出了难以想象的努力，都可称得上有英雄气概。

用生命去追求学术，这就是学者。虽然，我们还只是一个不称职的“读书人”。

此时此刻，能在这春日的夜晚“悦读”朱博士的赠书，成此文字，谨以感怀，与陈博士们、与朱博士们、与百亮们共勉。

（2013 年 4 月 24 日）

穿补丁衣服的道光的四大悲情

他成为中国历史的“分水岭”，鸦片战争失败、丧权辱国《南京条约》的签订，他必须负历史责任。但他不是平庸之辈，算不上昏君，他勤政节俭，也曾力主改革。在中国历史上，他是一位悲剧人物。

他就是道光。道光是清宣宗道光皇帝爱新觉罗·旻宁的年号(1821—1850)。他是清王朝入关后的第六个皇帝，也是清朝第八位皇帝，在位30年。

悲情之一：生不逢时，回天乏术。清朝从顺治时期开始，整个国家就开始流行办事要送礼，官商勾结，权力寻租现象严重；到了康熙时期，虽经济强盛，但官员已相当腐败；雍正虽整顿吏治，实行高薪养廉，但也没能从根子上改变；到了其祖其父的乾嘉时期，社会风气更加腐败。整个清朝，乾隆到高峰，此时已进入“下降模式”，一朝不如一朝，一代不如一代。官场因循懈怠、贪污腐化的程度达到前所未有、闻所未闻的程度。道光只能一声叹息，奈何生不逢时，回天乏术。

悲情之二：尝试改革，难见起色。道光登基后，踌躇满志，其后的二十年间，他力图继承其父嘉庆遗志，勤政图治，推进改革。他曾戡定西陲，严禁鸦片流毒，试图重现盛世的辉煌。他也做了一系列政治改革，特别是对于吏治的整顿。在经济上他一是改漕粮海运；二是将纲盐法改为票盐法；三是打破了乾隆中叶以来的封矿政策，允许矿藏开采；四是，敢于纠祖宗的错，创立了一种实事求是的精神。但是道光的性格疑虑犹豫、反复无常，加之社会弊端积重难返，他的治国方针并没有起到积极的作用。

悲情之三：克勤克俭，收效甚微。他要求各级官员杜绝送礼，杜绝权力寻租。他以身作则，不仅把节俭看成是人生的乐趣和目标，还以此作为衡量大臣能力和品德的标准。他发布的《御制声色货利谕》中，倡导“重义轻利，不蓄私财；停止各省进贡；不再增建宫殿楼阁”的节俭理念。他把每年四十万两银子的宫廷开支降了一半，改为每年二十万两。他的日常用度一律从简，笔墨纸砚全是普通品，而非特制。据《满清外史》记载，道光皇帝的衣服每个月才换一次。除了龙袍，他的衣服破了，一定打了补丁继续穿。他还规定，除了太后、皇帝、皇后外，妃嫔及宫廷工作人员，非节庆不得吃肉。妃嫔不得使用化妆品，不可穿光鲜的衣服。据喻大华《道光皇帝》记载，皇后过生日的招待会极为简单，每人一碗打卤面。在工作日里，皇帝每餐只点四个菜，朝廷官员的工作餐也不得多于四个菜。外地官员进京述职时，对勤勉能干的官员，皇帝会以赐宴表彰。但这些都是表面现象，这一节俭闹剧中，唯有皇帝一人入戏了。有一次道光的一个补丁，被报账一千两银子。

悲情之四：鸦战失败，再无举措。道光在鸦片战争中立场动摇，指挥失败，使国家蒙受耻辱，开启了中国近代史的苦难历程，实在可悲。更可悲的是，在此事件之后他没有反思，苟安姑息，得过且过，没有任何振兴王朝的举措。

道光的悲情，有些实出无奈，有些却本可有所建树。就拿清查陋规来说吧。清查陋规是道光帝初政后的第一个整饬吏治、惩治腐败的重要举措，然而出乎意料的竟成了哑炮。这件事颇发人深省，教训也是极为深刻的。

清朝到了道光上台，相沿的陋规越来越严重，名目多如牛毛，诸如节寿礼、程仪、卯规、别敬、门生礼以及征收钱粮中的浮收、勒折、放炮、签子钱等等，官吏借此敲诈贪污，百姓横遭压榨剥削。道光帝执政仅半月，即于九月十一日下诏清查陋规，由于多方反弹，道光帝斟酌再三，权衡利弊，决定收回成命，于十二月十三日下诏，停止清查陋规。

这件事给后人的教训有三。一是，改革要有顶层设计。对于一项举国上下普遍的陋规现象的改革，必须要有顶层设计。二是，改革要逐步推进。改革涉及整个官场，涉及许多当权者的既得利益，必须从小事抓起，先治标再治本，一个时间节点一个时间节点地抓，待形成一定气势后，再推出一个新的举措。三是，改革不能停止。改革肯定会遇到阻力，一定会有反弹。当遇到阻力时，不能后退，一后退，一等于前功尽弃，二等于认同现状，三是对今后的其他改革推出造成困难。

“以史为鉴，可以知兴替”。希望我们从这段历史中受到启迪。

（2014 年 10 月 5 日）

赵宋重视文治的启示

宋太宗赵光义从他哥哥那里谋得大位之后，除继续完成国家统一外，还鼓励垦荒，发展农业。但在我看来，他做得最好的一件事，即善待知识分子，力图改变武人当政的局面，确立文官政治。

这一善举，被后人誉为“开创了文人的春天”。赵宋时代，是“文化人的天堂”。陈寅恪先生称，“华夏民族之文化，历数千载之演进，造极于赵宋之世”；英国史学家汤因比说，“如果让我选择，我愿意活在中国的宋朝”；余秋雨也说，“我最向往的朝代就是宋朝”。

宋朝重视文治，重视文人，中国传统文化至赵宋更趋精深成熟，赵光义善莫大焉。

朱熹、范仲淹、王安石、李清照、辛弃疾、苏洵、苏轼、苏辙、曾巩、欧阳修、黄庭坚、米芾、蔡襄、程颐、程颢，这一串串在历史上闪闪发光的名字，都是宋代文人。更重要的，这些人中，都是贫寒子弟出身，是科举让他们实现了跻身上层，制度上也体现了人人机会的平等。在这一点上，赵光义功不可没。

赵光义即位不到两月，即扩大科举取士规模，在三种科目中录取了 500 多人。而且亲自设宴勉励，资助路费，提高任职起点，加快晋升速度。另一方面，他又编纂大型类书，设考课院、审官院，加强对官员的考察与选拔，进一步限制节度使权力。这些措施顺应了历史潮流，为宋朝的稳定做出了重要贡献。

赵光义之所以这样做，虽是为改变其谋位存疑中的被动，是为加固统治基础，扩大亲信之需要，但对于广大贫寒之文人却是大大的福音。

他的举动，对于科举制度的发展也起了重要推动作用。

中国的科举制度，从隋炀帝大业元年(605年)设进士科，到清光绪三十一年(1905年)下谕废止科考，历时1 300年。科举是一个制度化晋升的渠道，是让社会基层的优秀分子，由此可以进入社会精英统治阶层，参与到管理国家的政治活动之中；科举是构成帝制中国的内在结构性动力，它沟通了官民阶层。知识分子虽数世贫寒，但一登龙虎榜，就可能出将入相。在一定意义上，中国的科举制度实现了柏拉图的“理想国”，实现了国家由知识阶层来治理的理想目标。

有人说，清末废止科举不仅仅是废止一种考试制度或选举制度，而是由此废止了一种文明类型，是废除了一种历时1 300年的政教制度，废除了该政教制度塑造出来的人文心理。因而，也有人认为清的灭亡，废止科举也是一个原因，因为他失去了整个知识阶层的支持。

善待知识分子，人类的文明才得以进步。文字狱，以文致罪，这种文化专制，造成了社会恐怖，禁锢了思想，摧残了人才。这是知识分子的黑暗年代，也是人类文明的倒退。

需要说明的是，我们去看一下科举的考卷，本质上并没有“八股文”这般严重。应该看到，通过科考成进士者，多数都非等闲之辈。另外，科举与我们目前的高考并非一回事，有着本质的差别。小平同志恢复高考，与赵光义扩大科举在用人方面，有异曲同工之处，改革开放之初的大学生，在改革开放中发挥了重要的作用。但是，随着高考的不断进行，特别是大学扩招后，贫寒孩子的努力被稀释了，一是学费昂贵，二是到找工作时“拼爹”，“读书无用论”又被重提，这一点必须引起我们重视。

美国哥伦比亚大学戴安娜·诺维茨教授说：“没有历史头脑的民族是健忘的民族。”前事不忘，后事之师。赵光义的这件善事，应该对我们今天的事业有所教益。

(2014年10月7日)

“门外”谈管理

校友张先生毕业多年，因在校时有“师生联系制度”，曾有一段时间与我联系。张先生现在公司担任一定领导职位，甫入“要职”，有些无所适从，来邮件与我讨论管理艺术。按理说，凭我的经验，是无资格与他讨论“管理艺术”的。但校友真诚来信，而且是讨论，不是请教，我无法回绝。既然是讨论，也只能摘录一些资料，与他共勉。

要更好地管理，先推荐你再去看看《红楼梦》。红楼梦中管理水平最高的，要算长着“一双丹凤三角眼，两弯柳叶吊梢眉”的王熙凤了。这位八面玲珑、心机极深的女强人，上得贾母的充分信任，下使大观园内外几百号人心服口服，中和宝玉、宝钗、惜春一干兄弟姐妹们亲亲热热，实在是一个管理上的好手。

读《三国演义》，你也可以学学曹操。他的不寻常之处主要体现在两个方面：一是敢做敢当，意志坚决；二是高瞻远瞩，雄才大略，具有慧眼识人的能力。这样的领袖才能为众多人杰指明方向，带领大家百折不挠地前进，继而部属才能由信而敬，由敬而忠。如此一来，运用权术，易如反掌。能够始终把知人作为用人的前提和基础，把善任作为知人的目的和结果者，曹操可圈可点。

《水浒传》中的好汉，个个身怀绝技，宋江在人事安排上不仅做到了让身边的108将各尽其才，而且又能为己所用。宋江文不如吴用，武不如李逵，更谈不上智勇双全，他为什么能当上梁山的老大呢？宋江认为，没有理想留不住“高人”，没有实惠留不住“凡人”，没有感情留不住“身边人”。于是，宋江对凡人送银子、对身边人送感情、对高人送尊重。三个“送”字，为宋江赢得众多英雄好汉的推崇，赢得了部下的信任，也道出了宋江高人一筹的领导艺术。

这里，我还想推荐你看唐浩明的《曾国藩传》。曾国藩年轻时的五大毛病，一是偏激，一句话不对就跳起来了，这正是湖南人典型的毛病。二是浮躁，他整天躁动不安，忙于接待访客，要是无人来访，他就去访别人。三是虚伪，他一个诤友毫不客气地指出这一点，他也有雅量接受。四是自以为是，一个农家子弟能够27岁中进士点翰林，他自认强过很多同辈，甚至恨今世无王安石、黄庭坚这样的人来与他讨论诗文。五是好名，巴不得一夜之间名扬京师。这些毛病，也是我们今天许多人身上存在的。但他认识到了自己身上的不足，主修“五门功课”来提升修养：一是诚，不欺人也不自欺；二是敬，即以恭敬的态度待人；三是静，即身心安宁；四是谨，即说话谨慎；五是恒，这个恒有两层意思，一是持之以恒，二是生活有规律，起居有度，饮食有节。他每天以日记来反思自己的所作所为，所思所想。他还以“慎独”这样的高标准来要求自己，拿来与自己的毛病血战、不留后路的气度来改造自己。他说过一句很有名的话：“不为圣贤，即为禽兽。”他对自己的改造可谓是灵魂深处的一场革命。

作为一名企业的管理人员，首要的是在管理方法上下功夫。

首先是有全局意识。缺大局意识，管理上很成问题的。有些决定对局部是正确的，但在大局看来可能是不合适的。

第二，尽快了解业务流程。对业务不熟悉没关系，任性为之，率性为之，实属可怕。听不进建议，看不到存在的问题，没有经过细考就做出决定，过后又否定，是管理中的大忌。

第三，要抓住工作重点。抓不住工作重点，乱弹钢琴，双手齐按琴键，下属听到就是一片混乱之声。为一件小事，一次小工作，兴师动众，按“运动式”工作，在细节上吹毛求疵，会将下属搞得筋疲力尽的。

第四，要学会授权。没有下级的支持和协作，再出色的领导都无法让自己所管理的部门正常运作。过于关心政绩，而忽略下属员工的感受以求职业发展的领导，在团队中的威信就会降低。

大家都知道，管理根据层级要授权。授权时要交待任务，明确目标，明确下属的权限。授权后要控制，也就是要掌握工作的进程。这里，重要的是在细节上，如“这事为什么不请示我”“这事我为什么不知道”“谁让你自己做主的”“等我看过后再定吧”之类的提问要特别当心，这样的问话多了，必然影响下属的积极性，打击他们的自信心。管理最重要的是知人善用。知人包括尊重人、信任人、理解人、关怀人、激励人；善用即用其所长、用其所思、用其所愿，用当其时，用当其位。

第五，不要轻易否认前任。新官上任三把火，改革肯定会有变化，但不能操之过急。切不可一上来彻底否定，怀疑一切内容与程序。不要逼着员工在不可能完成的时间内完成任务，更不要三天两头出新的指示。

作为一名企业高层管理人员，还需要在修身上下功夫。这里仅谈一谈管理的工作作风。要做一个受欢迎的人，必须掌握三大法宝：理解、尊重、信任。要处理好对上对下的关系，就要对上对下一样。切不可对上级唯唯诺诺，恨不得将上级的批示写成“语录”放在办公桌上，对下级的建议却不理不睬。更不可假传圣旨，选择性地时时抬出领导的指示来压人。要表里如一，绝不虚伪处世。切不可在公开场合，在广大群众面前，一副“谦卑”样，在小范围又不从内心里尊重群众。对别人要求，自己要首先做到，不可对人对己两个样。成功是有惯性的，有过多次成功经验的领导，总有独到的成功秘方，所以你要善于总结。

作为管理人员，还要学会管。当然，作为领导，要给予下属犯错误的机会，要敢于为下级担当责任。另一方面，也需要有宽广的心胸。但是，累死听话的，闲死不听的。对不作为要敢于管，切不可管不了就不管了。对于不同的管理对象，要有不同的管理方式。你的单位不是生产车间，有许多资深的研发人员，对他们尽可能用“圆通”的管理方式。对下属过于斤斤计较，他们也对会对你斤斤计较的。这方面，你可以学习曾国藩，他深明严绳的重大作用。曾说：“圣人赏一人而天下劝，刑一人而天下惩。”他坚信“人才以奖掖而出”，即使是中等之人，若奖励得法，也可望成大器；若一味贬斥，则往往停滞于庸碌而不能自拔。

最后的建议是热爱生活。只有热爱生活的人才能热爱自己的单位和下属，有着良好生活习惯和业余爱好的领导，不仅懂得在工作之余调节压力和情绪，通常还不会把下属塑成只会工作的机器人。所以，你也要为自己培养好业余爱好。

（2015 年 4 月 12 日）

历史上跨界的“神二代”

龙生龙，凤生凤，老鼠儿子爱打洞。帝国时代皇帝可以世袭，富豪财主可以将财富传给后代，当官的叫下一代继续当官。于是官二代、二代官，富二代、二代富的现象十分常见。

晏殊（991 年—1055 年），北宋著名文学家、政治家。其子晏几道（1038 年—1110 年），北宋著名词人。历任颍昌府许田镇监、乾宁军通判、开封府判官等。性孤傲，中年家境中落。与其父晏殊合称“二晏”。词风似父而造诣过之。工于言情，其小令语言清丽，感情深挚，尤负盛名。表达情感直率，多写爱情生活，是婉约派的重要作家。有《小山词》留世。

苏洵（1009 年 5 月 22 日—1066 年 5 月 21 日），北宋文学家，与其子苏轼、苏辙并以文学著称于世，世称“三苏”，均被列入“唐宋八大家”。

张英（1637—1708 年），康熙六年进士，选庶吉士，累官至文华殿大学士兼礼部尚书。先后充任纂修《国史》《一统志》《渊鉴类函》《政治典训》《平定朔漠方略》总裁官。其儿张廷玉（1672 年—1755 年），康熙三十九年（1700 年）进士，改庶吉士，授检讨，入值南书房。清康熙时任刑部左侍郎，雍正帝时曾任礼部尚书、户部尚书、吏部尚书、保和殿大学士（内阁首辅）、首席军机大臣等职。康熙末年，整治松弛的吏治，后又完善军机制度。先后任《亲征平定朔北方略》纂修官，《省方盛典》《清圣祖实录》副总裁官，《明史》《四朝国史》《大清会典》《世宗实录》总裁官。张廷玉死后谥号“文和”，配享太庙，是整个清朝唯一一个配享太庙的汉臣。

刘统勋(1698 年—1773 年)，雍正二年(1724 年)中进士，历任刑部尚书、工部尚书、吏部尚书、内阁大学士、翰林院掌院学士及军机大臣等要职。刘统勋官至宰相，为政四十余载清廉正直，敢于直谏，在吏治、军事、治河等方面均有显著政绩。乾隆三十八年(1773 年)猝逝于上朝途中，乾隆皇帝闻讯慨叹失去股肱之臣，追授太傅，谥号文正。其儿子刘墉(1719 年—1804 年)，乾隆十六年(1751 年)中进士，历任翰林院庶吉士、太原府知府、江宁府知府、内阁学士、体仁阁大学士等职，以奉公守法、清正廉洁闻名于世。

曾国藩(1811 年 11 月 26 日—1872 年 3 月 12 日)，中国近代政治家、战略家、理学家、文学家，湘军的创立者和统帅。与李鸿章、左宗棠、张之洞并称“晚清四大名臣”。官至两江总督、直隶总督、武英殿大学士，封一等毅勇侯，谥曰文正。其子曾纪泽(1839 年 12 月 7 日—1890 年 4 月 12 日)，清代著名外交家，光绪年间曾担任清政府驻英、法、俄国大使，也是当时秉承“经世致用”新思维的官员。其后与俄人力争，毁崇厚已订之约，更立新议，交还伊犁及乌众岛山，帖克斯川诸要隘，有功于新疆甚大。中法战争时，力与法人争辩。官至户部左侍郎。

诸位看官也许会说，以上父子相承，“职业”相同，因为老子有平台，加上小子争气，二代都牛不足为奇。那么，以下几位二代，都是“跨界”的，看他们父子各自的“职业”。

纳兰明珠(1635 年—1708 年)，康熙朝重臣，历任内务府总管、刑部尚书、兵部尚书、都察院左都御史、武英殿大学士、太子太傅等要职。纳兰明珠对康熙议撤三藩、统一台湾以及抗御外敌等重大事件中起到积极作用。其儿子纳兰性德(1655 年—1685 年)，虽然只有短短三十年生命，但他却是清代享有盛名的大词人之一。王国维说：纳兰容若以自然之眼观物，以自然之舌言情，此初入中原未染汉人风气，故能真切如此，北宋以来，一人而已。

梁启超(1873 年 2 月 23 日—1929 年 1 月 19 日)，中国近代思想家、政治家、教育家、史学家、文学家。戊戌变法领袖之一、中国近代维新派、新法家代表人物。幼年时从师学习，八岁学为文，九岁能缀千言，17岁中举。后从师于康有为，成为资产阶级改良派的宣传家。维新变法前，与康有为一起联合各省举人发动“公车上书”运动，此后先后领导北京和上海的强学会，又与黄遵宪一起办《时务报》，任长沙时务学堂的主讲，并著《变法通议》为变法做宣传。梁启超长子梁思成，他和林徽因的爱情故事被人津津乐道，但更重要的是，他是一位杰出的建筑学家，梁思成早年入清华学校学习，1924年赴美留学，毕业于宾夕法尼亚大学建筑系，获得硕士学位。他是和妻子林徽因一起领导了新中国国徽和人民英雄纪念碑的设计工作，后当选为中国科学院院士。次女梁思庄，是著名的图书馆学家，曾先后就读于加拿大名校麦吉尔大学和美国哥伦比亚大学，回国后投身于我国图书馆事业的建设中。她精通英、法、德、俄等语言，对各种西文工具书和书刊资料十分熟悉，一生致力于西文编目工作，受到国内外学者交口称赞，是我国图书馆学领域首屈一指的专家。五子梁思礼，是梁启超最小的孩子，是著名的火箭控制专家，17岁时跟随姐姐梁思懿赴美留学，在普渡大学获得学士学位，接着在辛辛那提大学获得硕士和博士学位，为祖国从无到有的火箭控制系统事业贡献了自己的才智，是我国航天事业的开拓者之一。他还是国际宇航科学院院士和中国科学院院士。

当代著名作家白先勇是中国国民党高级将领白崇禧之子。夏志清教授说“当代中国短篇小说家中的奇才，五四以来，艺术成就上能与他匹敌的，从鲁迅到张爱玲，五六人而已”。

王国维对纳兰有如此高的评价，还是源于纳兰自身的成就。梁启超子女的业绩也没有一个与梁“同类”。最近看到杨振宁原配夫人杜致礼是杜聿明之女，当然，杨振宁的“跨界”与杜聿明没有一点儿关系，在此，只能说“呵呵”了。

总之，一份努力造就一种能力。这世上，从古就没有人能随随便便成功，即使有上一辈的基础，更重要的还是自己的努力。

（2016年8月21日）

第四篇

大学有学问

百年校庆：在反思中突围

海洋大学百年校庆正在轰轰烈烈地推进，相信在 11 月 1 日前后肯定会掀起一个高潮。

作为一所长期以行业特色著称的学校，可以肯定的是，我们不会有清华百年之隆重，不会有复旦百年之轰动，不会有同济百年之盛况。但，读者诸君也不必担心“热烈、隆重、简朴、务实”的目标不会实现。

百年校庆是高调宣扬百年丰功伟绩之机会，百年校庆是让学生充分展现才华、团队精神之舞台，百年校庆更是号召校友回报母校之良机。

维新以降，现代大学不断涌现，相信今后几年，华夏大地，百年校庆庆典活动将“此起彼伏”。

而让我们不愿看到的是，有百年校庆者，为名，为利，非为学矣。

在歌舞升平、溢美之词不绝于耳的同时，当我们面对百年的脚印、百年的追求、百年的探索、百年的成就，我们还需要百年的反思。

君子博学而日三省乎己，则智明而行无过矣。黑格尔说，哲学的认识方式只是一种反思。反思是一种可贵的觉悟的卓异的品质。作为一所百年老校，构建反思能力是她应有的品格，是一所大学是否成熟的标志。

一个广为传播的案例是，日本京都大学百年校庆的主题，那就是“反省百年来犯过的错误”。

面对百年的脚印，我们要反思是否曾经走了弯路。

回顾百年的追求，我们要反思今天是否还在坚持。

回望百年的探索，我们要反思我们曾探索了什么。

展示百年的成就，我们要反思能否做得更好。

我们今天要反思大学的精神，要反思“特色”，要反思“学风”。

我们要反思学科建设的调整，要反思院系的构建，要反思大学的管理，反思学位点的建设，反思多次校区的建设，反思为地方社会经济的服务，反思大师的培养。

我们要反思，有些学科专业曾经有过的辉煌为何今日不再？我们要反思，为什么过去的后来者如今却将我们远远抛在后面？我们要反思，为何一些校友不愿再回母校？

百年校史，应有百年的大学文化，沉淀出自己的管理理念。大学要有规划，更要有规划意识。大学要有优秀的管理者，更要有坚定的规则意识，一种对规则的敬畏之心。

大学当坚守自己的主张，不做迎合世俗的风向标。我们要尽力去争取各种外部资源来做学校本想做的事。因此，我们还要反思，我们是否做了本不应该我们做的事，而分散了我们的兴趣，疲惫了我们的斗志，消耗我们的人力物力精力。

作为大学的一分子，我们应该常思，自己的行为是否围绕了我们总的方向，是否为了一时一处的利益而偏离了总的目标？

诚然，百年老店，我们已被太多的禁锢所包围。而百年校庆后的明天，我们将如何突围？

我们常常习惯于将人与事结合起来，谈人论事，况且是涉及“评判”一词，一般会让人缩步。所以，反思是需要勇气的。但是，为了海大新百年的发展，在心平气和，客观地公正地，对事不对人的氛围中，举起“回顾与思考”之旗帜，自当是海大人今天的职责。

因为我坚信，一种恰当的反思，如在烈焰上浇点水，反而会使新海大发展的火焰更旺。

（2012 年 5 月 16 日）

海大缘　海大情

校庆落幕，
带去了百年的沧桑。
庆典的点滴，
已成为又一百年的开篇。
而新百年的梦想，
才刚刚开始。

而最令我感动的，
不是庆典之盛况，
不是晚会之精彩，
却是散落于其中的情与缘。

是海大缘，
汇聚了四海宾客。
是海大情，
召唤了五洲朋友。
是“海大缘、海大情”，
串联了每一位参与者的心，
霎时，

闪现出了新的光芒。

海大的细微，
不在于“饮水思源”像的树立，
那是功勋的彰显；
不在于“三史”的编撰，
那是应有的传承。
这沉甸甸的历史啊，
今天变成了自豪与欣慰。

海大的细微，
不在于搬到新校区的“海马公园”，
那是多少校友曾经的记忆；
不在于“三馆”里带灰的件件物品，
那是多少校友曾经的思恋。
这沉甸甸的忆恋啊，
今天变成了自豪与欣慰。

海大的细微，
不在于颁发了精致的“耕耘奖”，
那是为之付出的回报；
不在于老同志们甜蜜的笑脸，
那是他们自发的感动。
这沉甸甸的感慨啊，
今天变成了自豪与欣慰。

王以康教授，
我们尊敬的老专家，
而今天他的女儿，

也是一位著名的教授，
带来了对老水院的浓浓深情，
带来了对新海大的深深祝福。

方忠浩先生，
一位与海大同龄的百岁老人，
而今天他来了，
带着准备了 100 天的，
一页一笔书写的发言稿。

许云倩，
曾经的水院教工子弟，
如今的记者与作家。
童年的时光悄悄地走过，
军工路的家属大院，
却是她永不磨灭的娱乐。

叶佑坤，
54 届的老校友，
送来了早已泛黄的工作手册，
那是侯朝海老校长当年的赠送，
如今站在老校长的像前，
他只想到了感恩。

雄关漫道真如铁，
而今迈步从头越。
勤朴忠实，
是我们永远的信条，
博浪天涯，

是我们不变的追求。
海洋强国，
是我们新的方向。

海大的缘啊，
你是如此令人入迷。
海大的情啊，
你是如此令人沉醉。

海大的缘啊，
你会永远激励我们。
海大的情啊，
你将永远陪伴我们！

（2012 年 11 月 18 日）

海洋强国的召唤

十八大报告提出了“提高海洋资源开发能力，发展海洋经济，保护海洋生态环境，坚决维护国家海洋权益，建设海洋强国”。“海洋强国”战略的提出，为我国海洋事业发展创造了前所未有的历史发展机遇。

充分认识“海洋强国”战略的历史意义

自封建社会中后期以来，历史开始由陆权时代进入海权时代。谁掌握了海洋战略的主动，谁将屹立于世界民族之林。21 世纪是海洋的世纪，是将未来竞争定格在海洋竞争的世纪。

“建设海洋强国”，在国内外形势复杂的当前具有重要现实意义、战略意义，是中华民族永续发展、走向世界强国的必由之路。海洋强国是指在开发海洋、利用海洋、保护海洋、管控海洋方面拥有强大综合实力的国家。海洋强国是中华民族实现强国之梦想的必然选择和唯一路径，海洋兴则国家兴，海洋强则国家强。走向海洋、开发海洋、控制海洋是中华民族走向强盛国家的必由之路。

实施海洋开发战略是中国发展的客观需求。21 世纪是海洋的世纪，全球围绕海洋的争夺日趋激烈，中国的可持续发展越来越离不开海洋的支撑。中国是一个海洋资源大国，但却是一个海洋开发小国。海洋经济在国民经济中的比重偏低，海洋产业规模偏小，海洋开发实力和规模与国家的地位不相称，与主要海洋强国相差甚远。

开发占地球表面百分之七十的海洋，已成为21世纪人类获得新资源、扩大生存空间、推动经济社会发展的战略重点，是新一轮产业革命的前沿领域。抓紧开展对公海的探测、考察和立标，加快对“蓝色国土”资源的开发和保护，对我国意义尤为深远。我们要像抓航天事业那样，大力推进海洋的探测与开发，做大做强海洋产业，努力建设海洋强国。要使2015年海洋生产总值占国内生产总值比重达到10%，全国海洋工作者任重道远。

海洋资源及海洋权益不断受到周边国家的侵蚀和损害，海洋维权任务与海洋维权实力严重不相称，已直接影响国家主权和海洋国土安全，有损中国的大国形象。

全民海洋意识淡薄，重陆轻海，忽视海洋开发与保护，忽视海洋权益和核心利益捍卫，这已成为中华民族的阵痛，也成为制约崛起的最大障碍因素，唤醒中华民族的海洋意识已到了刻不容缓地步。

新百年在“海洋战略”中义不容辞

一百年前的1912年，在中华民族危难之际，张謇、黄炎培等先辈为“护渔权，张海权”创建了江苏省立水产学校，张謇“渔权即海权”的办学思想，彰显了学校自创立之初就与民族复兴、国家发展同呼吸、共命运的志向。

历史证明，当今世界，谁主宰了海洋，谁就主宰了世界。今天的海大，正处在一个新的百年征程起点上，开始了新一轮由百年水产大学向新型海洋大学的转型。

2007年，学校建校95周年之际，中央领导同志第一次为我校题词“培育海洋科技人才，探究蓝色世界奥秘”。题词坚定了学校发展海洋学科的信心，也坚定了我校建设高水平大学发展道路的信心。

2008年，中央领导同志为学校题写校名。

2012年8月，中央领导同志又欣然为学校第三次题词“发扬优良传统，不断开拓创新，把上海海洋大学建设成为一流的高水平特色大学”。题词为学校新的百年发展指明了奋斗方向和目标。

2012 年 10 月 9 日上午，中央领导同志在京亲切接见了我校领导。当谈到学校创始人张謇最早提出“渔界所至，海权所在也”的主张时，中央领导同志指出，张謇先生很有战略眼光。百年来，学校师生把论文写在辽阔的大海和祖国的江河湖泊上，为中国成为渔业大国做出了重大贡献，领导同志对此给予充分肯定。

2007 年 8 月 9 日，时任上海市委书记在考察南汇时指出，海洋是上海拓展城市空间的重要依托。我们必须按照国家战略，充分开发和利用海洋资源，把握机遇，从上海自身实际出发，采取行之有效的举措，努力争创海洋经济发展的新优势。对于上海来讲，开发海洋、发展海洋经济十分重要。上海必须高度重视海洋经济发展，大力发展海洋事业和产业，实现海洋经济发展新突破，要聚焦重点，根据自身的资源特点和区位优势，坚持有所为、有所不为，关键要做到“聚焦、错位、合作”。聚焦，就是要发挥上海海洋科技、产业的优势，聚焦重点领域、发展重点产业。依托洋山深水港，进一步做强海洋运输及其相关产业；依托大学和科研院所，重点发展海洋高科技产业、海洋新兴产业。错位，就是要注意和其他地区形成合理的产业分工，避免过度竞争，力求形成全市合力。合作，就是要加强与兄弟省市，特别是与长三角地区的合作，要加强了解和沟通，进一步拓展彼此在海洋经济方面的合作空间。习近平指出，随着上海国际航运中心加快建设，洋山深水港、临港新城等一批重大项目的加速推进，南汇已经成为上海海洋经济发展的前沿阵地。要把握机遇，服务大局，全力以赴推进临港新城建设。要乘势而为，努力建设上海装备制造业高地，坚持高起点、高质量地推进重装备产业区开发建设。

“把上海海洋大学建设成一流高水平特色大学”是中央领导同志在学校百年校庆前对学校的殷切期望，也是全校师生员工的共同目标与愿望。

学校一定要抓住“海洋强国”的历史机遇期，为中国的海洋事业作出更大的贡献。

在“海洋战略”中大有作为

吴淞创校，合川辗转，集美积淀，军工扬帆，临港发展。百年沧桑、百年变迁、百年贡献，海大人将论文写在江河湖海上，谱写一篇篇学校服务社会的华丽篇章。祖国的江河湖泊遍布上海海大人的足迹，四大洋翻涌的浪花处处映衬着海大人的身影。面向新世纪，上海海洋大学在新百年中大有作为。

聚焦海洋战略关键技术，领跑科技强海

学校在海洋资源开发能力、保护海洋生态环境、维护国家海洋权益等方面已有很大的基础。要进一步加强国家远渔渔业工程技术中心的平台建设，进一步增加远洋渔业的能力建设。集中生态、环境领域的专家，做好海洋保护、生态修复的工作。利用渔业政策研究所的平台，通过代表国家参与国际渔业谈判，为国家渔权争取更大空间。

学校要从应用为主走向重视海洋基础研究。在关键技术上，要从国家需求来解决关键技术问题，促进海洋科学与海洋技术、工程相结合。着力推动学校与海洋科研院（所）联合开展科研，联合培养博士生；充分发挥学校海洋优势，着力推动校地合作，建设现代海洋技术培训基地和区域性现代海洋教育科技创新示范基地，特别是尽快推动与海南三沙市的深入合作；逐步建成海科教合作基地；以基层海洋技术与推广体系、海洋产业技术体系和各类海洋服务组织等为主要依托，引导大学生到海洋领域实习实践、就业创业，探索大学生参加海洋技术服务、海洋科普的机制和模式。

加强教学改革，培养更多海洋人才

目前海洋高等教育领域主要存在的问题有：海洋多头管理，造成海洋人才培养缺乏战略布局；全民海洋意识教育缺乏担当者；海洋科技日趋受到重视，但海洋政治、文化等研究相对滞后；海洋经济研究理论体系尚待完善；海洋教育机构分工不清，学科布局结构有待调整；鼓

励海洋人才培养的政策还不完善;海洋战略研究单薄;海洋教育与产业结合度不够紧密。

学校要加大政策倾斜和重点支持,吸引和培养更多高素质人才学海、爱海、兴海,为海洋强国提供强有力的人才保证。要通过“借鸡下蛋”、平台带动、全新培育、继承发展、远近结合的原则来加强学科专业建设。

设立海洋高级人才培养和引进专项基金,解决海洋高端师资紧缺的问题。要通过与海外大学合作培养、国内外985高校联合培养等办法,解决部分海洋类师资问题。

改革人才培养模式。促进理工结合、文理交叉,加强教材建设,发展新的交叉学科方向,积极探索海洋类人才培养模式,进一步深化教学内容和课程体系改革。结合国家重大海洋科学研究和开发活动,试办综合型的海洋类专业,扩大海洋科学专业教育的领域面,培养复合型大海洋人才。

建立海洋产学研平台。海洋人才培养应从两头走:海洋高层次人才+海洋技能人员。要鼓励支持相关高校与海洋企业签订培养技能人才协议。建立健全政府、学校、企业合作委员会,充分发挥海洋企业的行业优势及学校科技、人才、信息等方面的资源优势,联合制订、在实训实习基地建设、科技项目开发等方面建立长期稳定的合作关系,实现互惠互利、合作共赢。实行“定单式”人才培养,培养适应海洋产业发展需要的各类高级专门人才。

成立专业队伍,推广海洋教育

树立新的海洋国土观。海岸带、海岛土地及其地下底土资源、内海、领海和海岛上层空间资源、海洋空间资源、海洋水文气候资源、海域中的海洋生物资源、海底矿产资源、海洋能资源、海水及其化学资源、滨海旅游资源、海底文物及其他遗弃物等都是国家国土资源重要的组成部分。

要使学生知道海洋关系着我国主权和领土完整。海洋权是国家主权的重要组成部分,它所包含的领土主权、领海主权、海域管辖主权等海洋权益,直接关系着国家的主权和领土完整。必须树立新的海洋观念,尤其是让作为未来的建设者和接班人的中学生了解未来的海洋政治趋势,了解海洋的重要性。

成功的海洋工作和保护有赖于知识渊博的决策者和一个见多识广的公众群体,海洋高等学校必须先承担海洋意识教育的社会责任。美国的海洋教育不仅仅是海洋学科的学历教育,更是海洋保护、海洋意识的素质教育。有关高校要加强海洋科普教育,有针对性地开展各类海洋文化活动和海洋警示教育。

学校要成立海洋教育教研室,利用专兼职人员,从青少年入手,利用水族馆、渔船、海岛、海洋博物馆、海水养殖场、鱼类标本馆等对学生进行海防、海洋与人类、海洋意识教育,培养学生对从事涉海职业的兴趣。

(2012 年 11 月,写在百年校庆之后)

宁静

午后校园，
静得可以听到心跳声。
阳光，
在努力让暖意更浓。
失散的麻雀，
正对着湖中的野鸭呼喊，
全然不顾鸭子们戏水的专注。
石缝中的山茶花，
探着绽放的头，
高高的。
空中的飞机，
也来烘托这海大的宁静。

迟归的学子，
拖着旅行包，
在校园中匆匆地走，
留下一串串得得得的单音，
亲爱的同学，快回吧快回吧，
记得过好年早些返校。

这海大的宁静啊，
宁静得有些沉闷，
怕怕的。
这海大的宁静啊，
宁静得有些压抑，
凉凉的。
这海大的宁静啊，
但愿在孕育着新百年的梦想，
大大的。

（2013 年 1 月 27 日）

学科排名，刺痛了谁的神经

最近，教育部学位与研究生教育发展中心发布的 2012 年学科评估结果，在参加评估的 390 多所高校科研机构，95 个高校一级学科中，北京高校排名全国第一的学科数遥遥领先，仅北大、清华、人大三校“第一名”学科数就超四成。江苏、湖北的“第一名”学科则分别达 13 个和 10 个。上海“第一名”7 个，居北京、江苏、湖北之后，位列各省份第四，占比不到 7.4%。

这次上海获第一名的学校与学科是：复旦大学政治学，上海交通大学机械工程、船舶与海洋工程、临床医学，同济大学土木工程，东华大学纺织科学与工程，上海中医药大学中药学。

而前一轮评估(2009 年)上海高校获第一名的是：复旦大学的基础医学、公共管理，上海交通大学的机械工程、船舶与海洋工程、临床医学，同济大学的土木工程，东华大学的纺织科学与工程，上海中医药大学的中药学。与三年前的上次学科评估相比，沪上排名第一的一级学科数量少了一席，且在 7 个学科大类中分布面较窄，其中人文社科 1 个、工学 4 个、医学 2 个，而在理学、农学、管理学和艺术学这四大类中则没有分布。总体上，上海高校学科排名处于全国前列：在排名前 3 名的一级学科中，上海占 49 个，仅次于北京；在排名前 10 名的一级学科中，上海占百余席，紧随北京、江苏。

相比之下，北京大学一所大学就有 16 个全国第一，清华大学 14

个第一，中国人大 9 个第一，中国农业大学也有 6 个全国第一的学科。

细心的读者不难看出，复旦大学上一轮的两个第一，这次换了政治学，基础医学名列第二、公共管理降为第五名(得分 80 分，含并列)。

在 49 个前三名中，复旦大学 15 个，交大 11 个，同济 8 个，华师大 4 个，中医大 3 个，东华 1 个，华理工 1 个，海洋大学 1 个，体育学院 1 个，上外 1 个，上海大学 1 个，音乐学院 1 个，二军大 1 个。地方高校上海大学、中医大、海洋大学、体育学院、上海音乐学院合计只有 7 个学科进入全国前三名，中医大这次取得了很好的成绩，但作为上海地方高校“老大”的上海大学仅有“戏剧影视学”进入第 3 名，得分为 77 分。

对于上海这次评估的结果，媒体的评论是：“上海高校部分学科在全国排名中有滑坡迹象。”无论是高校一级学科排名趋势，还是来自各兄弟省市的高校区域发展情况，都从不同维度表明，上海高校不仅离北京“排头兵”的距离甚远，又被后面的“追兵”赶超——正处于“压力山大”的局面。

而三年前，上海市学位办完成了第二轮“学科评估排名”的分析报告，指出上海高校学科发展“有喜有忧”：喜的是一些非“211”、非综合性高校的特色学科异军突起；忧的是总体上与北京、江苏高校存在差距——上海高校处于“前有标兵后有追兵”的形势之中。

这次评估的主办说，此次评估采取优化数据获取模式，明确数据采集标准、使用专门系统，进行重复数据检查、利用公共信息，全面核查填报数据、部分数据网上公示，接受各方异议等方式进行相关数据采集，具有较强的科学性与权威性，不是对高校进行综合排名，而是针对具体学科进行评估，有效保证数据的准确性、可比性，避免综合排名存在的片面性、主观性。

而面对这次的结果，上海不敢再说“有喜有忧”了，标兵走得更远了，“追兵”(湖北)已成了“标兵”。

上海高等教育，将情何以堪？

事实上，在教育界的人都明白，这样的结果，不能将板子打在上海身上，因为从管理体制上来说，复旦大学、交大、同济、华师大、华理工、东华、上外、财大，加上二军大，都不是上海“市属高校”，他们与北京的许多“金牌”学校一样，都是教育部部属的高校。

但这次的结果，却深深地刺痛了“上海”的心。这“上海”里面，包括上海的管理者、上海高校的同仁们，还有更多上海纳税人的心。因为无论是教育部部属的高校，还是市属大学，上海市财政都投了不少的钱。

当然，学科评估只是高等教育的一个方面，不能说明全部问题。

但作为地域概念的“上海”，通过这次评估，确实有反思的地方。上海还是人才高地吗？上海对高等教育管理的机制体制该如何进一步创新？如何将这次结果作为动力，苦练内功，来提升上海的实力？这些都是我们“上海人”应该反思的地方。

（2013年2月24日）

母校看你们十年后成什么器

习近平同志最近告诫各级领导干部:“要坚持勤俭办一切事业,坚决反对讲排场比阔气,坚决抵制享乐主义和奢靡之风。要大力弘扬中华民族勤俭节约的优秀传统,大力宣传节约光荣、浪费可耻的思想观念,努力使厉行节约、反对浪费在全社会蔚然成风。”

春节前后,一股清风吹遍神州大地,提倡勤俭、反对浪费深入人心。目睹此景此情,我举双手赞成。这种正能量,鼓起很多年压抑很久的气流,今天终于可以扬眉吐气了。

正能量终将变成正气,正气终将变成自觉行动。而这种自觉行动,回归来看,就是中华民族的优秀传统。

欧阳修说过:“忧劳可以兴国,逸豫可以亡身。”李商隐说过:“历览前贤国与家,成由勤俭败由奢。”魏源说过:“禁奢崇俭,美政也”。一脉相承也。

大学节俭,大有可为。节约用水,当适量使用;节约用电,当随手关灯;节约粮食,当因量度食;节俭生活,当合理消费;养成随手,当随处节约。君不见,大学的许多水龙头常“哗哗”流不停;君不见,大学的教室中,学生都回了,还常灯火通明;君不见,大学的食堂中,常有白花花的米饭留下;君不见,大学的一场日常活动,常有会标、横幅、彩旗、鲜花,还常常动用整批整批的学生放下课本前来助阵。

方志敏同志在《清贫》中讲:“清贫洁白朴素的生活,正是我们革命者能够战胜许多困难的地方!”然而,正如司马光讲的:“由俭入奢易,由奢入俭难。”过惯了“大手大脚”“高调显示”的生活,真要一下子过清贫的日子,并不那么容易。

所以,对于目前这种清风何去何从,我们当拭目以待。

尽管还在拭目以待,我们坚信会改变。

但是,我们还须深思。作为纳税人供养的大学,即使做到以上这些,够了吗?高校节俭,仅停留在表面上还远远不行。

首先,正如我几年前曾提出“培养计划是学校最大的预算”,对学生的培养计划涉及课程、师资、实验设备等各种资源的合理使用,课程设置重复、课程内容重复、教师教学不负责任、学生不认真学习,学校管理水平低下,管理人员冗余,管理机构重复设置,这是很大的浪费。再进一步,学科低水平建设、专业设置重复,学生专业不对口,这是更大的浪费。至于科研的投入与产出,更是问题多多。第三,学校低水平办学,教学质量低下,国家投入越大,造成的浪费就更大。

胡适《中国公学十八年级毕业赠言》的最后一句是:“你们的母校眼睁睁地要看你们十年之后成什么器。”

希望我们的管理者、我们的每一位教师,常用这一句话来反思我们的今天。

(2013 年 2 月 23 日)

直面师生关切

高等学校群众路线教育实践活动是办人民满意教育的内在教育。根据中央部署，群众路线教育实践活动正在全国各高校按计划推进。这项活动的开展是保持党的先进性和纯洁性、巩固党的执政基础和执政地位的必然要求，是解决群众反映强烈的突出问题的必然要求，是改进工作作风、提高行政效能的必然要求，是解决工作不具体、不落实、不负责的重大举措。

教育以育人为本，以学生为主体；办学以人为本，以教师为本。要搞好教育实践活动，须接好地气，切实提高广大师生的关注度、参与率是关键。接好地气，就是要从师生中来，到师生中去，就是要了解师生关切，一个一个地解决广大师生最关切的问题。

高等学校群众路线教育实践活动以解决四风突出问题为主要抓手。对于高校来说，开展教育实践活动，反对四风，就是要解决学校办学治校中存在的不良作风；就是要求学校各级党员干部主动深入基层，了解实情；就是要求艰苦奋斗，创新发展；就是要求勤俭办学，提高学校各类资源的使用效率。

高等学校群众路线教育实践活动必须直面师生关切。当前，广大师生最关切的问题，主要表现在如下四个方面：

一是，不断提高教育教学质量。办人民满意的教育，不仅是每一所学校的师生关心的问题，更是全社会关注的话题。促进学校内涵提升，提高教育教学质量，提高学校的教学水平，这是人民群众最关切的首要问题。每一所学校的管理者，特别是党员干部，必须假教育实践活动之际，深入一线，了解本校教育教学质量提升中的主要问题，下真功夫，下苦功夫，来推进问题的解决。

二是，促进学科专业持续提升。学科专业水平的提升，是衡量一所大学实力的关键指标。高等学校必须在实践教育活动中，进一步聚集优势与特色，打造学校的品牌学科与专业。

三是，不断提高管理水平与办学效率。高等学校要进一步完善内部治理结构和工作机制，加强作风建设，切实解决学校及党员干部在四风中存在的突出问题，提高管理水平，提升办学效率。

四是，真切为广大师生办实事。学校改革的最终受益者，应该是最广大的师生。要通过教育实践活动，办实事，办好事，让广大师生得到实惠。

只有从师生中来，到师生中去，相信师生，依靠师生，才能接好地气直面师生关切，才能更主动、更自觉地接受师生的监督，才能最终让师生受惠，才能让教育实践活动真正达到预期的成效。

（2014 年 3 月 7 日）

鼓气　定本　强势　成治

习近平同志最近说："开创发展新局面，就必须实现改革新突破。"改革要"敢于啃硬骨头，敢于涉险滩，既勇于冲破思想观念的障碍，又勇于突破利益固化的藩篱，聚合各项相关改革协调推进的正能量"。

李克强同志也强调："现在触动利益往往比触及灵魂还难，但再深的水我们也得趟，因为别无选择，它关乎国家的命运、民族的前途。"

中国梦，海洋梦，海大梦。一个国家的改革发展如此，一所大学的改革发展更是如此。

去年我们隆重庆祝建校一百周年，庆典活动过去了，校园又回到原来的平静与宁静。在这平静与宁静之中，正是我们反思与谋划新百年发展大计之际。

当我们面对百年的脚印、百年的追求、百年的探索、百年的成就，我们还需要百年的反思。

面对百年的脚印，我们要反思是否曾经走了弯路。回顾百年的追求，我们要反思今天是否仍在坚持。回望百年的探索，我们要反思我们是否找到了规律。展示百年的成就，我们要反思能否做得更好。我们今天要反思大学的精神，要反思"特色"，要反思"学风"。我们要反思学科建设的调整，要反思院系的构建，要反思大学的管理，反思学位点的建设，反思多次校区的建设，反思为地方社会经济服务的抓手，反思大师的引进与培养方式。我们要反思，有些学科专业曾经有过的辉煌为何今日不再？我们要反思，为什么过去的后来者如今却将我们远远抛在后面？我们要反思，为何一些校友不愿再回母校；只有学生强才能说明学校强，为什么在国际国内知名的优秀毕业生为数不够多？百年校史，应有百年的大学文化，沉淀出自己的管理理念。大学要有规划，更要有规划意识。大学要有优秀的各级各类管理人员，无比珍贵的优秀管理人才，更要有坚定的规则意识，一种对规则的敬畏之心。

建成一流高水平特色大学，实现海大梦，我们的道路还十分漫长。

首先，我们需要更高的顶层设计。我们要设计、要谋划，更要学会放弃，做到有所为有所不为。我们要埋头拉车，更要仰望星空，留出更多的时间来思考。磨刀不误砍柴工，一件事办不办得成，不是看你有多大的企盼和多大的热情，而是看你用什么方法、用什么技巧、用什么手段。

其次，我们需要更新的思维。新百年中，沿用过去百年的观念是不行的。正如习近平同志所说，“不能身体已经进入 21 世纪，而脑袋还停留在过去”。进入新百年，海大还是那个海大，海大人还是我们这些海大人，不能脑袋还停留在过去。所以我们必须自我突围，早日“化蛹成蝶”，从原有的束缚状态中解脱出来。

第三，我们需要更快的行动。李克强同志说：“改革贵在行动，喊破嗓子不如甩开膀子。”正因为海洋大学有百年历史，是一家“百年老店”，这老店有优秀的传统，更沉淀了习惯的思维，还有各种既得的利益与群体，要有新的突破，肯定不容易形成共识，这其中必是一场持久的争论。与其久议不决，喊破嗓子，还不如甩开膀子。

第四，我们需要更大的勇气。海大改革已进入深水区，要突破自身发展瓶颈、解决深层次矛盾和问题，根本出路就在于创新。改革没有回头路，改革如逆水行舟，不进则退，必须以更大的智慧和勇气全力跨越，而新的跨越，须要从“啃骨头”做起。

借用康、梁“公车上书”曾提出的四项解决办法，对于海大，以下这四项是否即是海大目前改革发展中的锦囊妙计：规划鼓海大之气、学科定海大之本、人才强海大之势、变法成海大之治。

建设高水平大学是我们的历史责任与使命。责任要求我们勇挑重担，敢于担当，敢于挑战自我。

“日出江花红胜火，春来江水绿如蓝。”季节的春天到了，海大的又一个春天也来到了吗？

建设海洋强国，建成一流高水平特色大学，是我们正在追寻的神往已久的梦。

让我们一起努力，为海洋梦、海大梦，贡献我们的智慧与勇气。

（2013 年 3 月 28 日，高水平特色大学教育思想大讨论之际）

应对高考改革的思考

近日,《上海市深化高等学校考试招生综合改革实施方案》公布。2017年起,统一高考科目为语文、数学、外语3门,不分文理,考试时间安排在每年6月。其中,外语考试一年举行两次,另外一次安排在每年1月;外语考试包括笔试和听说测试;高中生最多参加两次外语考试,可选择其中较好的一次成绩计入高考总分。计入高考成绩的普通高中学业水平等级性考试科目,由学生根据报考高校要求和自身特长,从思想政治、历史、地理、物理、化学、生命科学等6门科目中自主选择3门。由全市统一命题、统一组织考试、统一阅卷。此外,上海将率先合并高校一、二本的招生批次。

此次改革,是恢复高考三十多年来最重要的一次改革。改革的目的,旨在通过高考这一指挥棒,向下倒逼基础教育阶段的改革,向上促进高校自我的改革。对于地方传统特色高校来说,招生改革,对于高校内部来说,须是一场自我的革命。

对上海具有传统特色的地方高校来说,挑战将远大于机遇。这次改革,将带来两个方面的挑战。

一是,合并一本、二本后,面临生源竞争中处于不利地位的挑战。

取消因学科优势获得的原一本优先权后,当众多大学同台竞争,如何向考生展示并认同学校的办学特色?如何通过合适的方法招到适合自己的学生?学校的传统办学特色如何得到社会、家长、考生的认可？对于地方高校来说，将面临最直接、最严峻的挑战。

我们常说“狼来了”，现在“狼”真的来了，学校准备好了吗？

作为传统特色高校，办学历史长，学科特色明显，学科水平相对也很高。其专业设置较为传统，专业面过窄，就业领域针对性强，与行业联系密切，对行业的发展贡献也大。但是，我们必须看到，无论社会、家长还是考生，身处中国经济中心的大上海，将来就业时选择体面、轻松、高薪资的行业去工作，是理所当然的考虑。

必须看到，国家需要不等于考生需求，学科优势不一定是招生优势，学科排名不一定是招生生源排名。

即使传统特色高校中设置了许多符合地方经济发展的经济贸易管理类专业，即使这些专业的办学条件师资力量超过其他高校，在招生录取时，往往输给某些具有漂亮校名的新升本科大学。

二是，不分文理，面临学校内部多学科协调发展的挑战。

许多传统特色高校，就其大学科来说，基本上是围绕学校定位设置学科与专业。虽扩展了一些其他专业，但总体来说，在校内被认为非主流的学科，其投入、其地位相对还比较弱。对校内教学来说，往往偏重于理工农，或偏重于文经管。对于文理兼容，营造有利于全面发展的氛围，许多学校还是有所欠缺的。

面对招生改革的大趋势，对于地方传统特色大学，当务之急，必须做好如下几方面的工作。

一是，加大学校办学特色的宣传。高校不可能都是综合性大学，每一所大学都有其特色，一定要多渠道宣传自己的特色，让社会、家长、考生，更全面地了解学校。

二是，更积极地争取政府的支持。不可否认，有一些学科、有一些专业，虽然看上去“不吃香”“不热门”，但却是国家实实在在的需要。社会有“风向标”，有短期行为，人才培养与使用却是一个长期过程，不全是市场行为。所以，地方特色高校，除宣传自己的学科特色外，还要向政府申请多方位的支持。对于传统特色的学科专业，还是需要特殊的保护政策，让有志于从事这方面专业学习，有志于为国家这一领域服务的学生，有机会“高兴地”“光荣地”到这些学科学习。

三是，加快学校内部的教育教学改革。首先是加快对传统优势学科专业的改革，通过改革，使这些专业更加适应学生自身发展的需要，更加有利于提供学生能力的需要，更加有利于提高学生就业能力的提升。其次，是要加强学科专业的适度调整。在学校定位与特色不变的前提下，在本科领域，理工类学校设置一些文经管的学科专业，在文经管学校设置一些理工类的学科专业。这一看似有些“偏向”，但对于学生的全面发展，对于学生综合素质的提高，还是利大于弊。

这是一场自我革命，高校须练好内功，对自己进行全方面、综合性、系统的改革。只有改革才能提升自己的实力，只有改革才能获得考生的青睐，只有改革才能为国家为社会作出更大的贡献，才能培养出更多的符合时代需要的人才。

（2014 年 9 月 21 日）

海大的春夏秋冬

序　曲

2014年就要过去了。这是那么平凡的一年，走过这一年，如同翻过一页日历一样容易，毫不费力。

记得2008年学校刚搬来临港的国庆节，我在学校值班时，应潘校长之要求，写下了“海大之美”这一首诗。诗里面的一些文字，后来在98周年校庆晚会上曾被改成“诗朗诵”，摘要编入了《上海海洋大学百年校庆画册》，也有部分内容印入了给教工的生日贺卡。此后我一直在想，文字的“海大之美”总是抽象的，诗之美丽不如现实的绚烂，图片的海大之美才是真实的。所以，总想用相机留下一份海大的“春夏秋冬”。

我是一个平凡人，对于摄影更是尚未入门。要用平凡人的视角来发现不平凡的海大，或用不平凡的视角来寻找平凡的校园，对于我来说，确实是一个难题。

光影为墨，寓情于景，感悟于心。用心感受生活中的每一个角落，用感情去思维，用心灵去构图。我知道，摄影是要用相机来关注周遭，实现对美丽的向往。关注人与自然的关系，也是摄影人的社会责任。手持相机的人，必须有史学家的胸怀，哲学家的思辨，美学家的眼光，社会学家的实践，才能担当起捕捉美丽、记录历史的责任。

我深深知道，摄影其实与人生一样，是做减法的艺术，减去芜繁，滤掉杂色，减去欲望，抛开烦恼，不为功利，不图虚名。

这样想来，我要实现海大的“春夏秋冬”，居然还能关联到社会责任这个“高度”，所以我变得有些不安，无从着手。

小桥流水，风花雪月，纤云弄巧，浅吟低唱，一所大学的校园应该不是这般的模样。校园拍摄，也没有名山大川的震撼，也没有异域风貌的新奇。真要于平凡之中发现非凡，需要对校园的认识、理解与感悟。这是我所做不到的。

但是，海大的校园，仍然有着春夏秋冬，你见或不见，她总在那里。海大的校园，也不是缺少美，而是缺少发现美的眼光。用一颗如止水般的宁静的心，带一种天高云淡般空灵的情，你会发现你平时所没有发现的东西。美国摄影人查维斯说过：你目前所在的方圆十米内，至少有十张伟大的照片等着你去拍摄。

“多才雅得江山助，风龙秀脉从今振”。怡情悦性的校园环境是学生兴风花雪月的雅兴、立修齐治平之大志的寄托与激励，是他们文思泉涌的灵感源泉。以上这段文字，是我偶然在海洋大学设计师罗凯先生的博客上看到的。那么，设计师的理念，经过基建、后勤部门及海大所有师生的八年努力后，果真实现了吗？

于是，我在上班的路上，下班后的间隙，或是双休日，来到“方圆十米内”的校园，如果能“一拍即合”，便毫不犹豫去按下快门。

人们说春夏秋冬，常说春花、夏雨、秋月、冬雪。“春色满园关不住，一枝红杏出墙来”是春花；“黑云翻墨未遮山，白雨跳珠乱入船”是夏雨；“天秋月又满，城阙夜千重”是秋月；“遥知不是雪，为有暗香来”是冬雪。

我的海大的春夏秋冬，却是春花、夏荷、秋色、冬雪。

第一乐章　春　花

“二月春归风雨天，碧桃花下感流年”。海大的春天是花的海洋，这对于海大校园是名副其实的。

你不经意的绽放，惊起海大整个春天，感谢迎春花，你总是早早来到！

接下去，红玉兰、海棠花、樱花、薰衣草竞相登场，令人应接不暇。“帘外辛夷定已开，开时莫放艳阳回。年华若到经风雨，便是胡僧话劫灰”，李义山的诗总让人有些捉摸不透，不过，我是十分喜爱红玉兰的。

“褪尽东风满面妆，可怜蝶粉与蜂狂。自今意思谁能说，一片春，心付海棠”，这是才子唐寅的感叹。“樱花烂漫几多时？柳绿桃红两未知”，海大的樱花也在讲述海大与日本友人的关系。

“桃花一簇开无主，可爱深红爱浅红”，海大的桃花总是来得晚一些，这大约是临港临海的缘故吧。人间四月芳菲尽，海大桃花始盛开，这也许桃花故意要给海大之春掀起一个高潮吧。

这时候，你若来海大校园散步，“石楠红叶透帘春　忆得妆成下锦茵”。在一片绿茵中，看到红红的石楠，你一定会惊叹。我本爱红妆，何待等秋风，其实枫叶在春天也是火红的。

我在海大中心湖的木栈道临水的一块空地上，还拍到一枝有绒毛开小蓝花的草本植物，可是我叫不出她的名字。待写本文时，我将照片发给了朋友圈中的园林经营者与水生植物专家，他们也叫不出名。于是，我在网上用草本植物、春开蓝花等关键词，找了半天，看到一张熟悉的图片。原来这就是琉璃苣。它是一年生草本植物，花梗通常淡红色；花星状，鲜蓝色，有时白色或玫瑰色；雄蕊鲜黄色，5 枚，在花中心排成圆锥形。原产东地中海沿岸及小亚细亚，现欧洲和北美广泛栽培，可作蜜源植物，鲜叶在欧洲作蔬菜，鲜叶及干叶又可用于炖菜及汤、饮料的调味。她是欧洲人使用了七百年的药草，琉璃苣拥有许多医学价值，许多年来，民间一直流传着琉璃苣的多种治疗功效。据说在中世纪的欧洲，当时修道院的后花园里，普遍种植琉璃苣，不仅可供盆栽、庭园栽种观赏外，主要用以治疗多种疾病，被认为是修道士的秘密法宝。欧洲士兵在上战场前，总会插一支琉璃苣在酒杯里，并大声呼喝：“我是琉璃苣，我不畏惧！”用这种方法来提高士气，有助于战争的胜利。据说文艺复兴时期的名画与此相关，还有一个电视剧叫《爱上琉璃苣女孩》,可惜我都没见过。

没想到,海大校园竟还藏有这秘密!

河清海晏,时和风丰。进入暮春,海大静关的校园,当是读书的好时节。

第二乐章　夏　荷

此时,我们的注意力应转到湖中来了。

“本是天庭粉红仙,倾心一恋动尘寰。傲骨中通叹风雨,岂肯昏睡在人间。”元代张养浩这首《寄睡莲》写尽了睡莲的个性,我也为睡莲按下了无数次的快门。每一个睡莲季,这湖边,想必会有许多的故事发生。

一转眼,到了学生毕业的日子。“三杯然诺,五岳为轻,如晦不已,相忘江湖”,对于年轻的即将毕业的大学生来说,毕业是喜悦,也有一种淡淡的伤感。铁打的营盘流水的兵,请记得,母校永远是你们的港湾,记得风浪来时来停靠。

“唯有绿荷红菡萏,卷舒开合任天真”,又是李商隐!难怪胡兰成与张爱玲热恋时还在讨论李商隐的诗。写荷花、拍荷花,那是写不尽、拍不完的。海大的荷花不多,我却认定她是海大之夏的浓彩,是因为她出淤泥而不染,真是海大“勤朴忠实”的写照。

让我们将目光继续聚焦于湖中。鹇鹇!这两个让人看着也写不全的字,这种精灵给海大带来了灵动。因为我们都生活在太阳能照射的地方,海大,这片至今仍保持原生态的宝地。还有,梭鱼草!据说她的花语叫自由。这是我校水生生态修复教授的杰作,他们的论文是写在江河湖泊上的。

第三乐章　秋　色

“花开红树乱莺啼,草长平湖白鹭飞”,天稍凉快一些后,校园里一下子冒出来许多白鹭。我在当初的“海大之美”中曾说她们“留恋往日的滩涂”。如今,滩涂不再,可她们依旧在眼前,从不曾远离。

“独坐黄昏谁是伴，紫薇花对紫薇郎”，去年还不曾看到，今岁的紫薇却成一道风景。由此，我要感谢校园的设计者，还有园林工人，人工的美创造了自然的美。

“秋风起兮白云飞，草木黄落兮雁南归”“梧庭多落叶，慨然知已秋”“照他几许人肠断，玉兔银蟾远不知。”说到秋天，你会想到秋叶，或者是秋月。海大的秋叶美，海大的秋月美，在 2014 年里，我也品味了海大的秋叶与秋月。我却更喜欢海大的秋色，黄色是秋色，红色也是秋色，甚至晚霞也是秋色。“开缄日映晚霞色，满幅风生秋水纹。”在秋天的黄昏，你走在湖边，看着夕阳西下，那些学生们三三两两在校园中不紧不慢地走着，你可以忘记一天下来工作的疲惫，你不再为工作顺畅或受到称颂而喜，无须为受到诋毁或受到挫折而忧。当此良辰美景，让我们共享——学会放下，心就向上。

第四乐章　冬　雪

2014 年的冬天，来得有些突然。

无雪的冬天，总让人有些尴尬。

海大的冬天，故意让雪缺席。但是，缺席的雪景，仍然是我对海大之冬的期盼。

尾　声

再次面对即将离开的 2014，我没有特殊的礼物，只有用这些并不华丽的文字与图片来表达。

我们可能对整个教育制度有话要说，对高等教育有话要说，对 1 670亩的海大校园更有无数话要说。大到学科专业设置，小到一门课程的教学办法，我们都有自己的见解，但我们得首先干好手中的活，将活做完整、做精致。这是我们的现实的担当，也是历史的担当。让我们每人都贡献一点美丽，发现一点美丽，享受一点美丽，这样，海大才会更美丽。

生命里的每一片草地，每一条小河，每一块山地，都是只此一次相遇。时钟，可以回到起点，却已不是昨天。海大的春天，百花齐放；海大的夏天，枝繁叶茂；海大的秋天，果实累累；海天的冬天，又在孕育着春天。

感谢 2014 年，感谢这一年的辛苦，这是我们成长路上不可或缺的阅历。感谢海大的的春夏秋冬，让我们共享美丽，也让我们共同经历风霜雪雨。也许，2014 年有许多的不如愿，也许 2014 年的春夏秋冬中，还有许多我没有看到的美丽，我想，这正是我们 2015 年继续努力的理由。

（2014 年 12 月 31 日，博客原文图片略）

定好位　助好力　练好功

党的十八大以来，我国的经济、政治、文化、社会、生态等各领域呈现出全方位的新常态。与此相适应，我国高等教育领域，也呈现出一些重要的“新常态”，主要体现在以下方面：以质量提升为核心的内涵式发展成为新常态；在改革创新中释放办学活力成为新常态；以法治思维推进大学治理现代化成为新常态；政府宏观管学与社会参与办学成为新常态；大学深度开放与教育科技引领成为新常态；作风建设永远在路上成为高校干部作风建设的新常态。

贯穿这几个新常态的一条主线，就是全面深化教育综合改革。《中共中央关于全面深化改革若干重大问题的决定》中明确指出：深化教育领域综合改革。创新高校人才培养机制，促进高校办出特色争创一流。推进考试招生制度改革。深入推进管办评分离，扩大省级政府教育统筹权和学校办学自主权，完善学校内部治理结构。

上海市国家教育综合改革试验区建设方案（2014—2020 年）已获国家批准。作为特色鲜明的上海地方高校，结合高等教育领域和学校的实际，深刻理解高等教育事业发展的新常态。按照充分认识新常态，理性看待新常态，积极适应新常态，主动引领新常态的要求，创新工作思路，落实工作措施，是我们当前谋划海洋大学新百年的发展，谋划“十三五”规划前，必须认真思考、准确定位、扎实有效工作的重要环节。

优化学科专业布局，为学校新一轮发展定好位

学科决定学校的发展方向。无论是办特色、创一流，还是内涵质量的提升，其先决条件是学校必须要有符合国家社会经济发展的学科专业。面对高考制度的改革、面对政府“管学”方式的改革、面对社会对学校评价的改革，学校如何沉着应对，“以不变应万变”（坚定与沉着）的良方是：不断优化自己的学科专业结构，将优势做得更强、将特色做优、将品牌做大，系统思考，超前规划，更加注重基础性工作。这就要求我们，敢于有所为、有所不为。

完善内部治理体系，为学校新一轮发展助好力

高校在国家深化改革的总框架下和总过程中，完善高校内部治理结构，适应国家治理体系和治理能力现代化，特别是教育治理体系和治理能力现代化的要求，是提升自身治理水平，提高办学能力的内在要求。而大学完善内部治理结构，关键是重在建设。

地方高校完善内部治理结构，应侧重如下方面的建设。一是，“法治”。应以大学章程为核心，层层伸展、面面俱到，使学校全部工作有章可循；应健全完善院系各项制度，使学校规章制度能够在基层落实；健全完善会议、差旅、接待、培训、办公用房、公务用车、科研经费等方面的管理制度，健全完善干部作风建设和领导班子自身建设制度，健全完善党风廉政建设和责任追究等系列制度。二是，“共治”。目前高校中除了党委、行政系统外，还有各类学术机构、教职工代表大会，但总体上来看，广大教职工参与“共治”的制度供应仍属不足。三是，“学治”。这个比较好理解，也就是如何发挥“教授治学”的作用。我理解这个“学”是指学术领域，“教授”也是一个广义的概念。四是，“廉治”。“廉治”是指，高校内部所有公权不论大小、不论由谁行使，所有学校资源不论形态、不论由谁掌管，其运行使用、合作转让，都应受到有“预设”的、有“组织”的、有既定“流程”的有效制约、监管和监督。这里，特别是对业务监管与相对来说独立的第三方的监督分离，真正实现不敢

腐、不能腐、不易腐。这就需要我们在权力和资源的内控制度上，做好既注重规范又注重效率的一整套制度机制设计，规范与效率并不是冲突的。

深化综合改革，为学校新一轮发展练好功

以改革来激励动力，这是学校新一轮发展的重要抓手。作为一所百年老校，面对发展中所积累的新问题，只有以制度创新为核心，深化综合改革，才能练好功，为发展得先机。大学是一个综合系统，对大学的改革已不能光靠一个部门一个点上的改革，大学的综合改革应该包括教育教学的改革、科学研究制度的改革、资源配置方式的改革、大后勤保障制度的改革。为此，学校必须结合“十三五”规划的制订、结合新一届党代会对学校新一轮目标的制定，对改革内容进行系统化、整体化的设计与配套，统一谋划，分步实施，扎实推进。

科学有效、符合校情的改革，过去、现在、将来都是海洋大学管理者与师生的使命。我们有理由相信：做上海地方高校深化改革的先导者、科学发展的示范者、现代大学制度建设的先行者，成为海洋、水产、食品等领域创新拔尖人才培养和高层次人才聚集的战略高地，成为海洋、水产、食品科技创新体系的核心基地，成为海洋经济、渔业经济、食品经济、海洋文化及至海洋国际交流与合作、发展的重要智库，海洋人一定会凝心聚力，再创辉煌。

（2015 年 4 月 18 日）

“深化综合改革”的另一种思考

《辞海》中“改革”是把事物中旧的不合理的部分改成新的、能适应客观情况的工作。“综合”是将不同类别的事物组合在一起。“深化”是指程度不断加深。

按这个意思，“高校深化综合改革”就是高校通过将不同领域的综合考量，将旧的不合理的机制体制改成新的，使之适应学校客观的发展需要，并不断加深完善。

过去三十年，改革一直是我们各项工作发展的驱动力。改革的根本目的，是要把资源的活力激发出来，把“死”的资源变成“活”的资源，通过激活存量资源，使资源得到优化配置，争取最大的改革红利。

那么，高校的资源有哪些？包括有形的资源、无形的资源。有形的资源可以包括人力资源，包括师生员工、校友资源；包括各类实物资源，如教室、实验室等设施；包括学科、专业课课程的资源；从更微观的角度来说，学校的教授岗位、重要管理领导岗位，都是重要的资源。无形的资源，包括品牌资源，学校的社会影响力，教师的技术、专利，还有政策的资源，国际国内合作的资源。

从时间的维度来看，资源还包括历史、现实、未来的资源。所谓存量资源，即现存的、现实的各类资源。

高校的综合改革，就是要通过对现实的各类存量资源进行激活，使之得到最优配置。这其中，最关键的是激活的手段，包括发挥现有师生员工、校友的潜力，提高各种实物的利用率，开发品牌的力量，挖掘未来的资源。

在改革实施中，就必须通过创新来使“手段”得以实现。创新包括技术创新、产品创新、市场创新、组织创新。技术创新在高校管理中，就是管理方式的创新，也就是改革机制的问题。

产品创新，对高校就是重新审视自己的学科与专业，通过对课程、教材、师资的重组来开发新的专业，建设新的学科。组织创新，就是解决体制的问题。

改革的红利，就是激活存量资源、优化资源配置后，所释放出来的新的活力，从而推动学校的可持续发展，实现学校发展的“共同愿景”。

（2015年5月10日）

推进深化改革的再思考

三中全会通过的《中共中央关于全面深化改革若干重大问题的决定》，对在新的历史起点上全面深化教育改革做出战略部署。其中“创新高校人才培养机制，促进高校办出特色争创一流”，指明了我国高等教育未来改革与发展的方向。尤其是“深入推进管办评分离，扩大省级政府教育统筹权和学校办学自主权，完善学校内部治理结构”，意味着高校在人才培养、治理结构、招生改革等方面将发生深刻变革。

作为中国内地高校的“大哥”，北京大学、清华大学已率先发布了综合改革方案。而上海作为“改革开放的排头兵，创新发展的先行者”也承担了国家教育综合改革的试点任务，上海市已要求所属各高校根据上海市综合改革的总体要求，结合学校实际，尽快制订各校的综合改革方案。于 2015 年 7 月底前上报。这样，原本是各校可以“自选”的动作，变成了政府要求的“规定动作”。

要从文本上完成上报材料，对于各高校来说，可能是轻而易举的事，但真要结合各校实际，实实在在地把脉自身存在的问题，结合“十三五”的规划，制订切实可行的改革方案，一步一个脚印地做一些事，实在不是一件容易的事。

制订深化改革方案是一次战略选择的过程。它需要管理者的战略思考，需要参与者的愿景共识，更需要政府教育部门的管理转型。这个方案的关键词在于“全面”“综合”“深化”，需要学校管理者全局、大局、格局、识局、布局、结局的思维与行动。

所谓全局者，须从全局来审视也，从历史、从横向来看问题、谋改革；所谓大局者，须有大局之意识者，切不可从局部，从一个角度来考虑，切不可各条线各自为政而造成总体上失衡；所谓格局者，这是价值观层面的问题，参与者须改变思维，改变习惯，建立大格局，有大格局才能有好结局；所谓识局，须认清形势，剖析问题，才能寻找突破；所谓布局者，须有高人一等的行动；所谓结局，就是要有明确的目标。

管理者与参与者，应该要有两个勇于。要勇于有所为，更要勇于有所不为，无论是学科专业的不为，还是管理工作上的不为，有时都比“为”重要(不为，不是不作为)。要勇于当红花，更要勇于当绿叶，无论是机关管理者还是学院管理者。

在方案组起草文本前，也许最重要的一步，是找一找当前制约本校、本部门、本学院发展的瓶颈问题。一条条地理出来，一条条地分析，突破点在什么地方，要花多少时间解决，哪些可以优先解决，哪些暂时解决不了，哪些是一定要解决的，哪些一时解决不了只能绕着走的？这就是战略选择。

深改方案内容是广泛的，各校可以有所侧重，但主要内容应该有如下方面。一是，改革的指导思想，想解决什么问题。二是，大学的治理体系与治理结构，包括如何推动二级学院的实体化建设。三是，人才培养机制的创新。四是，科研、产业体系的构建。五是，学科布局与建设，包括平台的建设。六是，人力资源与分配体系，评价体系。七是，资源配置与财务管理，后勤保障体制与机制的反思与重构。当然，这些内容的切入点是学科优化调整，牵引力是事权、人权的改革，保障是资源配置的优化，最后的落脚点是创新人才的培养。

总而言之，推进深化改革，笔者建议，要做到123456。“1”是，确立一个共同愿景，也就是建立高水平特色大学的共同愿景，这必须花大力气来讨论，细化高水平特色大学的各项考核指标，我认为这点上必须花50%以上的时间。“2”是“两个勇于”，特别是勇于“不为”，勇于“当绿叶”。“3”是，“三个关注”，即关注制度创新来激发办学和创新活力，关注特色发展，关注学生全面发展。“4”是，“四条途径”，即学科优化调整为切入点，事权、人权为牵引，优化资源配置为保障，创新人才培养为落脚点。“5”是，五个局，即识局、大局、全局、布局、格局。“6”是，六大内容，即除了优化治理体系、强化二级学院办学活力这两项全面的改革外，在人才培养、科研改革、学科优化、人事分配与评价、资源配置、大后勤保障的再思考等六项具体内容。

要推进学校治理体系和治理能力现代化，在重点领域和关键环节改革取得突破性成果，办学特色更加鲜明，办学质量和办学水平全面提升，任务是十分艰巨的。

而今天，我们要做的第一步，就是积极参与。

（2015年5月10日）

大学 HR 必须知道的事

“不识庐山真面目，只缘身在此山中”。说实话，以前在人事部门工作时，一是没时间“仰望天空”，二是看不清人事的精要。现在离开了岗位，不是说就能看到关键了，也不是“旁观者清”，好处是，可以轻松发发议论，不用自己去实施了。

要说 HR（Human Resource），先说 HRD（Human Resource Department）。其实，也有大学曾将人事处改名为人力资源管理处，因为校当政者看到这其中的区别了。但由于学校主办方对人事管理的强势，社会上强有力惯性的存在，改了几年，实际对外对内还是叫着“人事处”。所以，我几年前就感叹：高校的人事管理是市场经济最后的堡垒，信乎！

先来谈谈理论。

从理论上来说，HRD 要做的事：

一是，要先审视自己，部门人员的能力怎样？能为学校的事业发展带来多大的贡献？要从事务型 HR 发展到资源开发型 HR，进而发展成战略伙伴型 HR，从而练就过硬的洞察力、专业力。

二是，HRD 要具备强大的推动力，要做学校事业发展的推动者。HRD 工作任务量大责任重，所以要能够洞悉自身发展的规律，按照自己的节奏进行工作，避免陷入又累又被抱怨的尴尬境地。

三是，要想教工所想。教工是学校的主体，HRD 的角色定位应该是站在学校的立场为教工考虑。这是谋事的基础。

讲一个关于高校分配制度设计的案例。

从社会交换理论来说，高校对教职工的聘用是一个雇用关系，雇用关系是一种交接关系。教师聘用到高校，是他与大学的一种交接，在本质上，与市场上的商品交换是一样的。这听上去与我们过去讲的“奉献”“敬业”有些不同，但在最基本的社会关系来说，就是这样的。

那么，聘用协议一旦签订，校方开始发放工资，教师开始“教书育人”，这种交换是否公平，马上就会摆在台面上来。

要检验交换是否公平，从个体来说，他会与同城的同类学校的人员相比较，也会与他以前的同学相比较。当然，更有说服力的，是与本校的同类人员，即他的同事相比较。

这种比较的正能量是：通过比较，员工认为是“公平”的，有“公平”的预期。即通过个体的努力，自己能在这种“公平”的环境中，获得更多的需求，经济上、心理上的都可以。这样，员工就会更加努力，最后，集体的目标（学校发展的愿景）与个人利益最大化的目标实现“共赢”。

但是，任何一个单位都不可能做到每一个员工都认为的公平（这当然是 HR 的努力方向）。造成这种情况一是体制机制的客观制约，使 HR 暂时做不到；另一个原因是员工“过于自信”，一般总认为自己的付出超过其他人（或超过平均值），这样负能量就产生了。

负能量产生的恶果，可以是个体的消极开始，严重到员工个体主动的“反生产行为”，从而影响了整个学校的效率与发展。

所以，制订或调整学校内部的人事分配方案唯一的关键词是“公平”。

要做到公平，必须得公正。公平关注结果，公正关注程序。要推进结果的公平，必须先做到程序的公正。

要做到程序公正，实际是比较简单的，也就是“三步法”。第一步，方案的制订要征求所有人的意见，在共同愿景的指导下，从员工个体的需求出发，实现共赢。第二步，在方案的执行中，要做到一视同仁，切不可对不同的利益群众、不同的个别有不同的执行办法，并且要做到“分蛋糕的最后拿蛋糕”。第三步，一定要留下申诉与协调的机制。

“看人挑担不吃力，站着说话不腰疼”。说说容易做着难，因为实际操作上困难会很多。但高校是人才聚集的地方，人才是高校的创新之源。所以我坚信，HR 的智慧，一定会给高校的创新发展做出应有的贡献。

（2015 年 5 月 24 日）

大学的 DNA

说到大学的"DNA",我们自然会想到这是讲大学的文化基因。说到大学的基因,自然会想到大学的校训。

大学校训以其深刻的文化内涵,成为大学文化精神之魂。一所大学的校训以无形的控制力、感染力、凝聚力,把握着办学方向,弘扬着大学精神,陶铸师生灵魂,传承大学文化,在大学文化精神的建设中发挥着巨大的作用。

我得声明,以上这段话,并非本人原创,这类句子在网上随处可见。也许,这只是我们当今大学的举办者,或者大学的管理者,对于大学文化的无比美好的期许或愿景。

但是,那些刚刚组建高校引经据典得来的所谓校训,复制或山寨的 DNA,还不知会遗传什么基因,就像到韩国做好美容后的新娘一样,将来生下来的小孩可没有妈妈现今的长相漂亮一样;如果为了发挥校训精神,将新"挖掘"、新确定的校训,再去从早已毕业的学生身上找印证,那是十分牵强的。就是那些"百年老店"的大学,有多少在其校园中,弥漫着被他们刻在石上、印在手册上的校训的华丽或优雅的校训的"清香"或"芬芳"?有多少所谓的校训精神,在他们所培养的学生身上留着深深的烙印?

对大陆高校熟悉的人常说,评论北京的二位大学"大哥":北大的喜争论,清华的善合作,"北大追求自由,清华讲求法度;北大营造浪漫，而清华尊崇现实；北大欣赏叛逆，而清华遵守规矩；北大像一个潇洒而不羁的诗人，而清华则像一个儒雅而严谨的学者。”评论上海的二位大学“老大”：交大的如男生，复旦的如女生。

那么，果真是这样的吗？

这几天，上海教育界有一件事，大家都十分关注。最早，关于某著名大学 110 周年庆事，我是从朋友微信上看到的。应该说，该校这次校庆是认真策划的，在今天这个背景下，“低调务实”确是做到了。记得举行校庆升旗仪式时，书记校长手牵手入场的场景，我从多个朋友的微信中看到。后来的校庆晚会、校友捐赠都十分成功。

而今天，因为一个学校宣传片，使这所学校的校庆所有努力都付之东流。又如两年前的投毒案一样成为人们热议的焦点。

更为甚者，有人将宣传片的山寨与背后的文化基因结合在一起并论。那个作者隐含的一句话，说白了，是要将原因归于变化基因。

我虽然不是这所大学的校友，下这样的结论，我认为对这所同城“大学中的大哥”不公，于心不忍。

办过重大校庆活动的人都知道，对于校庆这个复杂的系统工程来说，出一个宣传片，只是业务部门职能内的一个小事。我不知道，事先该校的最高层，是否审过此片，即使要审，也不可能审出山寨。

那么，将所有的责任都归于具体负责人行吗（肯定这个负责人会被问责的）？这位负责人，自接到任务，肯定是思考了、策划了，并付出了许多心血。如果没有被如此关注，校庆完成后，庆功大会上他也有可能得到肯定与表扬。

今天人们在分析原因，那么，抄袭、山寨背后是道德问题吗？

许多有识之士早担忧社会生活中，信仰缺失、迷失自我、道德沦丧、诚信缺失、假冒伪劣横行、颓废垃圾文化也乘虚而入等社会现象。

似乎这样的问题我回答不了。

就像我不知道什么是大学的 DNA 一样。

（2015 年 5 月 31 日）

倒下的恐龙与大学的奶酪

幼儿园小朋友都知道，恐龙是古爬行动物，种类繁多，体型各异，小的体长不到一米，大的体长数十米，重达四五十吨。它们在地球上曾称霸一时。而今天，我们能看到的只是它们的化石。

恐龙的灭绝原因，应该是多方面造成的。但有一点是无法否认的，即恐龙对所发生的事件无法适应或改变。

对于有点资历的摄影爱好者来说，柯达曾经伴着我们走过许多年。2012 年 1 月 19 日，柯达这个拥有 131 年历史的老牌摄影器材企业，正式向法院递交破产保护申请。要知道，在过去 130 多年里，四分之三的时间柯达都是工业界的佼佼者、是先进产品的领军人。其中，1900 年到 1999 年，柯达的工程师们共获得了 19 576 项专利，甚至在最后的时间靠出售专利挣扎求活。作为长期的行业领跑者，1975 年柯达公司研发出世界上第一台数码相机。而今天，柯达在数码时代像恐龙一样倒下了。

其实，柯达并不是现代被时代淘汰而倒下的第一只恐龙。

自 1996 年以来，诺基亚手机连续 14 年占据市场份额第一，但 2014 年 4 月 25 日，诺基亚宣布完成与微软公司的手机业务交易，正式退出手机市场。

摩托罗拉曾是美国最伟大的公司之一。我用过摩托罗拉手机，至今仍留恋开机时“HELLO，MOTO”的声音。但 2011 年 8 月，Google

收购摩托罗拉移动，2014 年初又被联想收购。

实际上，在我们的生活中，退出历史舞台或走入困境的行业或企业比比皆是，如美国的《读者文摘》、王安电脑、百代唱片、雷曼兄弟等等。而曾经在上海那么有名的上海牌汽车、上海牌手表、蝴蝶牌缝纫机、英雄钢笔、红灯收音机、永久自行车、凤凰自行车等等，现在难见踪影。

马云已动了银行的奶酪，快递早动了中国邮政的奶酪。

那么，谁会动大陆公办大学的奶酪？

前几年，香港诸大学对内地优秀高中毕业生伸出橄榄枝，用大额的奖学金吸引各省的高考状元。

据教育部统计数据显示，2013 年中国出国留学总人数为 41.39 万人，比 2012 年增长了 3.58%。2013 年中国赴美读研的人数为 103 427 人，而读本科的人数为 93 768 人。

对于大陆传统公办大学来说，如果说网络学院、开放大学、成人教学、继续教学对他们的地位暂时仍不可撼动，一些理念接近奇点大学的新型大学，总有一天会吃他们的杯中的份额，如上海新的科技大学、纽约大学。

还有，慕课(MOOC)，同样会分吃大学的蛋糕。

一个“孟母堂”被叫停，但当文凭不再是光环时，无数的“孟母堂”将会出现。

中国内地的大学，特别是公办大学，长期受到政府政策的保护。别的不说，就高考录取来说，都说“皇帝的女儿不愁嫁”，僧多粥少，即使你的办学质量再差，你的专业再烂，即使你的毕业生找不到工作，或毕业后都改行，但高考录取有提前批、重点批(一本)，二本，三本的保护，因为你的毕业证书可在教育部的网站上查到，所以多数学校还不至于像企业重视原料及产品一样重视生源与毕业生的就业。

对于公办大学的多数从业者(教职员工)，有财政的工资保证，有各项财政的科研经费可申请，只要应付好大学管理者们的考核，有多少人去想“谁会动我的奶酪”？

高等教育综合改革的号角已吹响。高考制度率先改革，对大学的评价也将改变。

要相信，规则改变之后，谁都从零开始。

管理者要明白，国家战略的需求、科研的需求，其实并不等于教育的需求。

所以，在今天，对于大学的管理者来说，明天的方向比今天的现状更重要。

（2015 年 5 月 31 日）

“严于用权”与自由裁量权

习近平同志要求各级干部都要树立和发扬好的作风，严以修身、严以用权、严以律己，谋事要实、创业要实、做人要实。

“三严三实”的要求是共产党人最基本的政治品格和做人准则，也是党员、干部的修身之本、为政之道、成事之要。“三严三实”是我党作风建设的延续、深化，是领导干部修身做人的基本遵循、用权律己的警世箴言、干事创业的行为准则。

“三严”是内在要求，是前提与基础，是价值观。“三实”是行为取向，是体现与归宿，是方法论。“三严三实”专题教育不是一次活动，而是一门“必修课”，是常规性、常态化的专题教育。

领导干部区别于一般群众，是因为他们有“权”，严以修身、严以律己、谋事要实、创业要实、做人要实最后都表现在干部用“权”上。个别领导干部，一朝大权在握，便忘了党纪国法和为官初衷，自以为权大于法，把权力异化为换取私利的筹码。领导干部要畏权，把权力关进制度的笼子里，保证不出事；领导干部要慎权，让权力在允许范围内充分运作，确保做对事；领导干部要敬权，要求领导干部充分认识手中权力的神圣性，把权力当作为人民服务的平台而非满足一己私欲的工具，让权力始终围绕人民群众的所思所想所需去运行，并最终做成事。

学校的党员干部，要坚决服从整体大局，严守政治本色，坚持干部道德，做到能干事，干成事，干好事，好干事，不出事，把自己锻炼成为学校改革发展的推动者、优良校风学风的引领者、公平正义的维护者。

要做到“严以用权”，我认为首要的是要规范和约束自由裁量权。

所谓自由裁量权，一般与管理行为结合在一起，是在管理制度规定的幅度、范围内有一定选择余地的处置权力。自由裁量权在管理中是现实存在的，是一个“中性”的词，是提高行政效率所必需的权限。

那么，大学管理中自由裁量权的表现有哪些？一是，“行政作为”时限上存在自由裁量权，如完成审批的时间。二是，在大学管理中关于评价评判的自由裁量权。如用作充分条件的自由裁量权，如评价中的自己增加程序；主观评定的自由裁量权，如评优、推荐、人员录用、评标投标中等选择中裁量。三是，定量定性上自由裁量权，如学生违纪处理、批阅主观题考卷。

自由裁量权是管理工作中必需的，但是滥用自由裁量权，就会产生利益冲突，出现权力寻租，导致决策决定执行不公，最后导致违纪违法现象的产生。

在大学管理工作中，如何规范和约束自由裁量权？

一是，完善细化制度。制订自由裁量权的标准、条件、种类、幅度、方式、时限并予以合理细化、量化，使自由裁量结果在同样条件下“可复制”。全面梳理各项工作，认真查找各类风险点，进一步细化完善各项管理制度，规范和约束自由裁量权，减少权力寻租空间，降低管理风险，切实强化风险管控。

二是，规范程序。健全议事规则和决策程序，制定权力清单、责任清单、负面清单，推进权力流程化管理，利用“制度＋科技”，如大力建设网上审批平台。

三是，做到公开，公开为常态，不公开为例外。将“放在抽屉中”的自由裁量权，拿到桌面上来。做到事先公示公布权力清单、依据、流程，事后公示公布(审批、决策、评选)结果。

四是，自觉坦诚接受监督与检验。干部接受越来越严格的监督、检查、质询将成为新常态，干部要更自觉接受教职工的监督。检验、衡量一项决策是否科学的标准只有两条，即经得起历史的考验，经得起极大多数职工的拷问。

作风建设是一项持久战，有他律，更要有自律；有制度导向，更要有价值指向；不仅要落实为制度，更要升华为价值。

当前，我们要将“严”和“实”与建设高水平特色大学、推进学校综合改革和事业发展结合起来，把做好本职工作与提升思想认识结合起来，主动学习了解学校的整体工作要求，内化于心、外化于行，充分发挥党员、干部的先锋模范作用，为推进高水平特色大学建设做出新的贡献。

（2015 年 6 月）

开好局　起好步

硕果累累的2015年已经离去，充满希望的2016年已阔步走来。回首过去，我们心潮澎湃；展望未来，我们豪情满怀。此时此刻，我们共同分享以激情和汗水浇灌所收获的喜悦；此时此刻，我们共同憧憬对于未来建设和长远发展的期盼。

经过一年多时间的谋划，我们共同确定了学校发展的新的愿景：围绕“生物资源可持续开发与利用，和地球环境与生态保护”主线，建设对生物资源、地球环境、人类社会具有高度诠释能力，在国际上有重要影响，开放的多科应用研究型高水平特色大学。海洋、水产、食品等三大主干学科优势更加突出，支撑学科根基扎实，相关学科高度交叉融合，新兴学科生机勃发，哲学人文社会科学学科特色化，多学科协调发展；创新人才辈出、科研应用能力突出、高水平师资队伍集聚、国际化程度大幅度提升，综合办学实力明显增强；培养良好公民，为业界、学界、政界培育高素质、高质量人才；为特定领域前沿科学和技术问题提供系统解决方案；为产业需求和社会发展提供人才培训、技术推广和智力支持。

2016年，是学校“十三五”规划开局之年，也是在2020年基本实现高水平特色大学的关键阶段，学校将按照国家和本市中长期教育规划纲要、本市教育综合改革的总体部署，坚持稳中求进、改革创新，紧紧围绕创新驱动发展、学科转型升级这一主线，践行社会主义核心价值观，促进学生的全面发展，以“十三五”规划为引领，着力推进学科—专业—学位点—平台的一体化建设，谋划布局、深化改革、推进发展。

五年看头年，头年看年头。新年伊始，我们要深入学习贯彻党的十八届三中、四中、五中全会和习近平总书记系列重要讲话精神；深入贯彻落实更名后第一次党代会精神，全面推进“十三五”规划的编制和实施，深化综合改革，着力建设能力海大、活力海大、实力海大、魅力海大；大力弘扬“勤朴忠实”的校训精神，勇于责任担当，敢于攻坚克难，敏于创新创造，用梦想点燃改革的激情，用改革续写发展的篇章，用发展拓展共享的红利，努力让广大师生有更多获得感，为学校实现“十三五”规划开好局、起好步，为学校成为海洋、水产、食品等学科的“创新源、人才泵、思想库”贡献我们的智慧与力量。

站在新的起点上，各级干部要以“信念坚定、为民服务、勤政务实、敢于担当、清正廉洁”的要求，对学校目标及其实现做到“胸中有数、落实有策、措施有方”，要以更加担当的意识、更加进取的精神、更加有力的举措、更加务实的作风，推动学校的改革与发展；广大师生员工要进一步凝聚学校目标愿景的共识、凝聚内涵发展的强大动力，共同画出学校发展的同心圆。

宏伟蓝图已绘就，目标任务已明确。我们相信，在校党委的坚强领导下，我们一定能为加快建成高水平特色大学再立新功、再创辉煌！

（2016 年 2 月 3 日）

“两学一做”，应踩牢“落脚点”

“两学一做”学习教育是加强党的思想政治建设的一项重大部署，是协调推进“四个全面”战略布局，特别是推动全面从严治党向基层延伸的有力抓手。高校的每一个党员，在学习实践中必须主动把自己摆进去，深刻领会、准确把握学习教育的科学内涵，牢牢把握“四讲四有”标准，并以此来衡量自己、检视自己、要求自己，夯实“基础在学”、踩牢做合格党员的“落脚点”、埋头干事创业的“生动实践”，切实做到政治合格、执行纪律合格、品德合格、发挥作用合格，以出色的行动彰显共产党员的风采。

夯实“基础在学”，在学中刷新认识，提升自觉

“两学一做”学习教育“基础在学”。高校是教育培养青年人才的重要园地，也是用社会主义核心价值体系武装青年的重要思想阵地，承担着培养中国特色社会主义事业合格建设者和可靠接班人这个根本任务。作为高校的共产党员，要在全面学、系统学、深入学上下功夫，做到时间到位、人员到位、内容到位、效果到位，努力成为学原文、学党史、学典型表率。

做学原文的表率

当前，学习党章党规与系列讲话，是一项重大的政治任务，要学思践悟，深入领会，内化于心、外化于行。每一名高校党员必须认真学习党章党规、《准则》和《条例》。党章是党的总规矩，是我们学习的第一课和必修课，必须对照原文，逐条逐句通读党章，牢记入党誓词，牢记党员义务和权利，把党章印在心上，做尊崇党章、遵守党章、维护党章的表率；牢记党规党纪，牢记党的优良传统和作风，养成纪律自觉、守住为人做事的基准和底线。认真学习和领会系列讲话精神，在思想上政治上行动上与党中央保持高度一致，经常主动向党中央看齐，向党的理论和路线方针政策看齐，做政治上的明白人。我们要倡导手抄党章党规，抄写一次深刻一次；我们要倡导测试党章党规，测试一次巩固一次；我们要倡导竞赛党章党规，竞赛一次升华一回。

做学党史的表率

习近平同志深刻指出："只有对我们党昨天的历史有深切的了解，才能做好今天的现实工作，承担起明天新的使命。"读党史可以沉积党性，读党史可以把握当下，读党史可以规避风险，读党史可以端正思想。作为高校的党员干部，必须熟知党史，把握规律，从历史的视角来认知当下，从而主动、积极地向党中央看齐。

做学典型的表率

我们党的历史上涌现出了一批又一批讲奉献、有作为的好干部、好模范，如张思德、雷锋、黄继光、焦裕禄、孔繁森等等，他们就是我们学习的榜样，我们前行的路标，我们实现伟大中国梦的不竭动力。我们要学习他们全心全意为人民服务的精神，密切联系群众的作风，努力做好人民公仆，不惜牺牲个人的一切。

踩牢"落脚点"，在悟中锤炼党性，看准看齐

党员，是党的肌体细胞，只有党员合格，党的组织才坚强有力。做合格党员是党中央对每一名党员的要求和期盼，也是夯实党的执政基础的重要路径。我们必须踩牢"做合格党员"这个"落脚点"。必须对照标准,找到问题,寻找差距,摒弃学而不思、学而不信、学而不深的问题,要知其然,更知其所以然,不断领悟,不断提升境界。

我们必须看到,高校有些党员中还存在着轻政治、重业务,轻集体、重个人,轻奉献、重索取,在教学、科研中不能起到先锋模范作用;更有甚者,个别党员理想信念模糊,精神空虚,不信马列信鬼神;有的党员干部不学习党章,不理解党章,导致行为没有准则,衡量没有标准,做事没有依据,不能明辨是非。我们严肃党内政治生活,恢复发扬党的优良传统和作风的任务还很重。

首先,我们必须强化党性意识。党性的表现就是在党爱党、在党忧党、在党为党、在党护党,为了党的事业奋斗终生,不惜献出自己的一切。

其次,要严格按照合格党员的标准来检查自身存在的问题和不足,着力解决自己在思想、组织、作风、纪律等方面存在的问题。要紧密联系思想实际,紧密联系工作实际,在学习中感悟,在实践中感悟,做到真学、真懂、真信、真用。

再者,要树标立尺,争做“全面合格党员”。全面合格的标准严格、要求很高,合格不是“及格”,更不是“降格”。必须更加坚定地守好精神高地,培养更高的精神境界、精神支柱、精神力量。

埋头“生动实践”,磨砺担当,建功立业

2016 年是“十三五”规划的开局之年,是高校综合改革的关键的一年。检验高校“两学一做”的成效,最终的标准是要看能否转化为干事创业、推动学校科学发展的强大动力。

高校的每一名党员必须埋头于干事创业的“生动实践”。做到“知行合一”,打通学习到实践的“最后一公里”。

每一名党员必须身先士卒,从点滴做起,从小事做起,真正把合格标准落细落小落实,在日常平常中体现政治意识、大局意识、核心意识、看齐意识。立最远目标,创最佳业绩,树党员最优形象。

“十三五”蓝图已绘就,关键在于狠抓落实,关键在于埋头苦干。

实干就是能力，落实就是水平

每一名党员必须努力做到真干事、能干事、干成事。每一名党员必须积极探索，攻坚克难，勇于创新，勇于担当，提高超前谋划的能力，掌握要领，学会方法，积极投身高校教书育人、科学研究、管理服务、改革发展的第一线，奋发有为、建功立业。

（2016 年 6 月）

人尽其才，高校人才工作的根本

习近平总书记在庆祝中国共产党成立 95 周年大会的讲话中指出："我们要以识才的慧眼、爱才的诚意、用才的胆识、容才的雅量、聚才的良方，广开进贤之路，把党内和党外、国内和国外等各方面优秀人才吸引过来、凝聚起来，努力形成人人渴望成才、人人努力成才、人人皆可成才、人人尽展其才的良好局面。"

总书记的讲话，着眼于实现"两个一百年"奋斗目标和中华民族伟大复兴的"中国梦"，突出了人才工作在全局中的重要战略地位，明确了择天下英才而用之的基本目标，阐明了人才发展的重大问题和重点任务，为进一步做好人才工作指明了方向、提供了遵循。

高校承担着人才培养、科学研究、服务社会、文化传承的四大职能，在这四大职能中，无论是优秀学生的培养、优秀教师的培养使用，都是高校人才的最关键工作。

当前，全国高等教育工作者正按总书记"办好高等教育，事关国家发展、事关民族未来。我国高等教育要紧紧围绕实现"两个一百年"的奋斗目标、实现中华民族伟大复兴的中国梦，源源不断培养大批德才兼备的优秀人才"的要求，在"十三五"启动之年，在深化综合改革之际，切实加强内涵建设，不断提升学科水平，着力培养优秀人才。尤其是"双一流"的建设中，必须充分认识人才在学校改革发展中的基础作用。

总书记的"形成人人渴望成才、人人努力成才、人人皆可成才、人人尽展其才的良好局面”(以下简称“四个人人”),是一个有机的整体,但每一个“人人”也有各自的要求,“形成人人渴望成才、人人努力成才”侧重告诫个人,“人人皆可成才、人人尽展其才”则是对管理者的要求。根据总书记“四个人人”的要求,要开创高校人才工作的新局面,笔者认为,无论是高校的管理者还是每一名师生员工都应努力做到以下四个“一”。

要有一种“追求”:“人人渴望成才”

“中国梦”是全面发展的梦,是人人成才的梦。成才是每一个人的渴望与梦想。每一个时代都会造就一种人生。每一个人生,都有一个美好的关于成才的梦想。

无论是学生还是教师都要有远大的理想和抱负。“为天地立心,为生民立命,为往圣继绝学,为万世开太平”“身在兵位、胸为帅谋”这是当代高校每一个师生所应担负的历史使命。

尤其重要的是,“人人渴望成才”,必须是德才兼备的人才。司马光在《资治通鉴》中指出“才者,德之资也;德者,才之帅也”。也就是说:德与才相比较,德是第一位的,是处于统帅地位的。所以人才要德才并重,不可“蔽于才而遗于德”,应该把德放在首位。

高校里的每一位员工都要有“在岗位上出彩”的追求。对于专业教师来说,首先将教书育人放在首位,同时也不可放松业务的进步。对于管理者来说,虽有可能晋升渠道不宽、日常工作平凡的现象存在,但也不能放弃将本职工作做到极致的理想。

大学管理者要鼓励每一个师生的崇高追求,要以“中国梦”的要求引导人,要以大学的共同愿景激励人,将大学的发展目标成为每一名员工的共同价值追求。将“中国梦”、学校梦、个人梦结合起来。

要有一种“拼搏”:“人人努力成才”

左宗棠说“勤以补拙、俭以养性”。只有启程,才会到达目的地,只有拼搏,才会获得辉煌的成功,只有播种,才会有收获。

柏拉图说过，人要有一种伟大的欲望，还要有能够实现这种欲望的技能和坚忍。曾国藩曾说过：有福不可尽享。虽然物质条件好了，但如果贪图安逸，就不可能获得成功。

在现在的许多大学生中，有勤奋好学的，也有一部分混日子、混文凭的。而对于已历经“十年寒窗”获得博士学位的教师，他们当中的大多数都在孜孜追求，但得过且过的为数也不少。特别是目前高校中，待遇不算高、晋升专业职务多受职数限制，在诸多外力的打压下，放弃努力，停止拼博的思想也有一定市场。所以，营造“人人努力成才”的氛围，依然还任重道远。

要改变一种“评价”：“人人皆可成才”

人才具有多样性、层次性、相对性，只有具有一定的知识和技能，能够正确判断和处理事物，进行创造性劳动，在社会实践中做出积极贡献，才是党和国家需要的人才，才是社会有用之才。

作为大学管理者，必须创新人才评价和使用机制，坚决破除那些不合时宜、束缚人才成长的观念和体制，积极推动人才工作体制和机制创新。要坚持德才兼备的原则，把品德、知识、能力和业绩作为衡量人才的主要标准，不唯学历、不唯职称、不唯资历、不唯身份、不唯年龄，不拘一格选人才，鼓励人人作出更大的贡献。

对于各类学生，我们要充分地信任他们，相信他们通过努力能取得成功，相信他们有自主修正错误的能力。同时，我们要注意采取不同的方法教育和引导他们，帮助他们走向成熟，成为社会可用之才。对于不同的教师，我们更要鼓励创新、宽容失败。对于新入职的教师，最重要的是给他们时间。对于高层次的人才，最忌讳的是“一刀切”“急功近利”式的评价办法。对于普通的管理人员，最重要是对他们平凡的、繁琐的工作给以肯定。

要建立一种“机制”：“人人尽展其才”

要实现“人人尽展其才”，关键在于把握好一个“用”字。

方向比努力更重要。大学管理者，要用好人才，关键在于管理人才的理念与制度。要努力构成大学批评的精神、创新的精神氛围。大学是知识分子集中的地方，我们切不可只用数量来管理学术，只用课题与经费来衡量水平，不可以“反智主义”来管理智力工作。

管理最重要的是“知人”“善用”。“知人”就是尊重人、信任人、理解人、关怀人、激励人；“善用”就是用其所长、用其所思、用其所愿；用当其时，用当其位。

要学会激励。曾国藩坚信“人才以奖掖而出”，即使是中等之人，若奖励得法，也可望成大器；若一味贬斥，则往往停滞于庸碌而不能自拔。

中南大学将攻克国际数学难题“西塔潘猜想”的在校学生刘路，聘为该校正研究员，并提供相关配套支持，就是为了让其才能更好地展现。

“人人尽展其才”，要适长而用，用其长处。所谓管理，其主要职责是帮助同事（无论是上司还是下属），发挥长处并避免用其短处，这就是管理的价值所在。“人人尽展其才”，要适时而用，在最合适的时机用人。“人人尽展其才”，要适岗而用，在最合适的岗位用人。

功以才成，业由才广。一个惜才爱才的国家才是一个充满希望的国家，一个惜才爱才的大学才是一个充满希望的大学。我们要进一步深入学习总书记“四个人人”的要求，努力开创学校事业的新局面。

（2016 年 8 月 17 日）

后记

写随笔有一大好处，用网络词汇说可以有些“任性”，这里所谓“任性”并不是无规无矩，只是你今天想写就写一点，不必太拘于形式与内容，更无须为任务而写，你只需要将当时的感受写下来，留待日后来回忆当日的心绪。

洪迈在《容斋随笔》卷首说明：“余老去习懒，读书不多，意之所之，随即纪录，因其先后，无复全次，故目之曰随笔。”我的“剡溪”随笔系列是受《容斋随笔》启发，确如洪先生所言，意之所之，随即记录也。

2007 年底我出版了《剡溪随笔》，2012 年初又出版了《剡溪再笔》，《剡溪三笔》将出版，时隔五年，今又生出了许多感慨。

父母在的沈湖村，是家乡，父母不在的沈湖村，是否只是故乡？我的乡愁，是一种思念，思念记忆中的家乡，感叹自己身回不到故乡，心灵也无法在异乡安身，那是一种空灵的愁。所以，“剡溪回忆”仍如前二书一样，是我记录的最重要章节。在学习中工作，在工作中学习，以敬畏之心观察传统，以感恩之情记忆师友，以探索之意反思大学，于是本书仍保留了“小东视角”“读史有感”“大学有学问”等几个篇章，为“不忘初心”的坚守，更为“既往开来”的未来。随笔既为文学创收，所以，相信读者诸君不会将内容与作者的“主见政见”放在一起联想。

借此机会，也向长期关心支持我的家人、朋友、同事表示衷心的感谢。

图书在版编目(CIP)数据

剡溪三笔/郑卫东著. —上海:上海三联书店,2017.5
ISBN 978-7-5426-5885-2

Ⅰ.①剡… Ⅱ.①郑… Ⅲ.①随笔-作品集-中国-当代
Ⅳ.①I267.1

中国版本图书馆CIP数据核字(2017)第058086号

剡溪三笔

著　　者 / 郑卫东

责任编辑 / 殷亚平
装帧设计 / 汪要军
监　　制 / 李　敏
责任校对 / 张大伟

出版发行 / 上海三联书店
(201199)中国上海市都市路4855号2座10楼
邮购电话 / 021-22895557
印　　刷 / 上海展强印刷有限公司

版　　次 / 2017年5月第1版
印　　次 / 2017年5月第1次印刷
开　　本 / 640×960　1/16
字　　数 / 200千字
印　　张 / 13.25
书　　号 / ISBN 978-7-5426-5885-2/I·1236
定　　价 / 38.00元